Martins Pena

O noviço

O judas em sábado de aleluia

Ilustrações
Rogério Soud

editora ática

O noviço – O judas em sábado de aleluia

Diretor editorial	Fernando Paixão
Editoras	Carmen Lucia Campos Claudia Morales
Editor assistente	Fabricio Waltrick
Redação	Baby Siqueira Abrão (Apresentação) Jurema Aprile (Seção "Quero mais") Agnaldo Santos Holanda Lopes (Notas)
Coordenadora de revisão	Ivany Picasso Batista
Revisora	Fernanda Magalhães

ARTE

Projeto gráfico	Marcos Lisboa, Suzana Laub Katia Harumi Terasaka, Roberto Yanez
Editora	Suzana Laub
Editor assistente	Antonio Paulos
Pesquisa iconográfica	Odete Ernestina Pereira
Editoração eletrônica	Divina Rocha Corte Moacir Matsusaki Eduardo Rodrigues
Edição eletrônica de imagens	Cesar Wolf

CIP-BRASIL. CATALOGAÇÃO NA FONTE
SINDICATO NACIONAL DOS EDITORES DE LIVROS, RJ

P454n

Pena, Martins, 1815-1848
O noviço; O judas em sábado de aleluia / Martins Pena; ilustrações Rogerio Soud. - 1.ed. - São Paulo : Ática, 2002
136p. : il. - (Quero Ler)

Contém suplemento de atividades
Conteúdo: O noviço / O judas em sábado de aleluia
ISBN 978-85-08-08265-0

1. Teatro - Literatura infantojuvenil brasileiro. I. Soud, Rogério. II. Título. III. Série.

10-2565. CDD: 028.5
CDU: 087.5

ISBN 978 85 08 08265-0 (aluno)
ISBN 978 85 08 08266-7 (professor)

2021
1ª edição
14ª impressão
Impressão e acabamento: Log&Print Gráfica e Logística S.A.

Vai começar o espetáculo!

Carlos não tinha vocação para a vida religiosa. Mas tio Ambrósio decidiu que ele seria noviço e o mandou para o seminário. Tia Florência, que o criara desde menino, aplaudiu a decisão. Um sobrinho frade... Que orgulho! O que ela não sabia era que Ambrósio, com quem se casara depois de ficar viúva e rica, tramara esse plano para se apoderar da herança do sobrinho.

Mas Carlos era um rapaz esperto e, depois de fugir do seminário, foi aprontar muitas confusões que farão você rir muito em "O noviço".

As gargalhadas certamente vão continuar com "O judas em sábado de aleluia", em que um jovem honesto chamado Faustino se mete numa encrenca cheia de ambições, falcatruas e disfarces.

Essas duas comédias são peças de teatro escritas pelo carioca Martins Pena, que viveu no século XIX e satirizou como ninguém a sociedade brasileira daquela época. E suas críticas continuam mais atuais do que nunca!

E não acaba por aí: no final do livro, você vai conferir informações sobre esse escritor talentoso e descobrir curiosidades sobre sua época e suas peças.

Sumário

O noviço

Personagens

Ambrósio.

Florência,
sua mulher.

Emília,
sua filha.

Juca,
9 anos, dito.

Carlos,
noviço da Ordem de
S. Bento.

Rosa,
provinciana, primeira
mulher de Ambrósio.

Padre-mestre dos
noviços.

Jorge.

José,
criado.

1 meirinho,
que fala.

2 ditos,
que não falam.

Soldados de
Permanentes,
etc., etc.

[A cena se passa no Rio de Janeiro.]

Ato primeiro

Sala ricamente adornada: mesa, consolos, mangas de vidro, jarras com flores, cortinas, etc., etc. No fundo, porta de saída, uma janela, etc., etc.

Cena I

Ambrósio, *só, de calça preta* e *chambre* – No mundo a fortuna é para quem sabe adquiri-la. Pintam-na cega... Que simplicidade! Cego é aquele que não tem inteligência para vê-la e a alcançar. Todo o homem pode ser rico, se atinar com o verdadeiro caminho da fortuna. Vontade forte, perseverança e pertinácia são poderosos auxiliares. Qual o homem que, resolvido a empregar todos os meios, não consegue enriquecer-se? Em mim se vê o exemplo. Há oito anos, era eu pobre e miserável, e hoje sou rico, e mais ainda serei. O como não importa; no bom resultado está o mérito... Mas um dia pode tudo mudar. Oh, que temo eu? Se em algum tempo tiver de responder pelos meus atos, o ouro justificar-me-á e serei limpo de culpa. As leis criminais fizeram-se para os pobres...

Cena II

Entra Florência vestida de preto, como quem vai a festa.

Florência, *entrando* – Ainda despido, Sr. Ambrósio?

Ambrósio – É cedo. *(Vendo o relógio:)* São nove horas, e o ofício de Ramos principia às dez e meia.

Florência – É preciso ir mais cedo para tomarmos lugar.

Ambrósio – Para tudo há tempo. Ora dize-me, minha bela Florência...

Florência – O quê, meu Ambrosinho?

Ambrósio – O que pensa tua filha do nosso projeto?

Florência – O que pensa não sei eu, nem disso se me dá; quero eu – e basta. E é seu dever obedecer.

Ambrósio – Assim é; estimo que tenhas caráter enérgico.

Florência – Energia tenho eu.

Ambrósio – E atrativos, feiticeira...

Florência – Ai, amorzinho! *(À parte:)* Que marido!

Ambrósio – Escuta-me, Florência, e dá-me atenção. Crê que ponho todo o meu pensamento em fazer-te feliz...

Florência – Toda eu sou atenção.

Ambrósio – Dous filhos te ficaram do teu primeiro matrimônio. Teu marido foi um digno homem e de muito juízo; deixou-te herdeira de avultado cabedal[1]. Grande mérito é esse...

Florência – Pobre homem!

Ambrósio – Quando eu te vi pela primeira vez, não sabia que eras viúva rica. *(À parte:)* Se o sabia! *(Alto:)* Amei-te por simpatia.

Florência – Sei disso, vidinha.

Ambrósio – E não foi o interesse que obrigou-me a casar contigo.

Florência – Foi o amor que nos uniu.

Ambrósio – Foi, foi, mas agora que me acho casado contigo, é de meu dever zelar essa fortuna que sempre desprezei.

1. Grande fortuna.

Florência, *à parte* – Que marido!

Ambrósio, *à parte* – Que tola! *(Alto:)* Até o presente tens gozado dessa fortuna em plena liberdade e a teu bel-prazer; mas daqui em diante, talvez assim não seja.

Florência – E por quê?

Ambrósio – Tua filha está moça e em estado de casar-se. Casar-se-á, e terás um genro que exigirá a legítima[2] de sua mulher, e desse dia principiarão as amofinações para ti, e intermináveis demandas. Bem sabes que ainda não fizeste inventário.

Florência – Não tenho tido tempo, e custa-me tanto aturar procuradores!

Ambrósio – Teu filho também vai a crescer todos os dias e será preciso por fim dar-lhe a sua legítima... Novas demandas.

Florência – Não, não quero demandas.

Ambrósio – É o que eu também digo; mas como preveni-las?

Florência – Faze o que entenderes, meu amorzinho.

Ambrósio – Eu já te disse há mais de três meses o que era preciso fazermos para atalhar esse mal. Amas a tua filha, o que é muito natural, mas amas ainda mais a ti mesma...

Florência – O que também é muito natural...

Ambrósio – Que dúvida! E eu julgo que podes conciliar esses dous pontos, fazendo Emília professar em um convento. Sim, que seja freira. Não terás nesse caso de dar legítima alguma, apenas um insignificante dote – e farás ação meritória.

2. A herança que é reservada legalmente aos filhos do falecido.

Florência – Coitadinha! Sempre tenho pena dela; o convento é tão triste!

Ambrósio – É essa compaixão mal-entendida! O que é este mundo? Um pélago[3] de enganos e traições, um escolho[4] em que naufragam a felicidade e as doces ilusões da vida. E o que é o convento? Porto de salvação e ventura, asilo da virtude, único abrigo da inocência e verdadeira felicidade... E deve uma mãe carinhosa hesitar na escolha entre o mundo e o convento?

Florência – Não, por certo...

Ambrósio – A mocidade é inexperiente, não sabe o que lhe convém. Tua filha lamentar-se-á, chorará desesperada, não importa; obriga-a e dai tempo ao tempo. Depois que estiver no convento e acalmar-se esse primeiro fogo, abençoará o teu nome e, junto ao altar, no êxtase de sua tranquilidade e verdadeira felicidade, rogará a Deus por ti. *(À parte)* E a legítima ficará em casa...

Florência – Tens razão, meu Ambrosinho, ela será freira.

Ambrósio – A respeito de teu filho direi o mesmo. Tem ele nove anos e será prudente criarmo-lo desde já para frade.

Florência – Já ontem comprei-lhe o hábito com que andará vestido daqui em diante.

Ambrósio – Assim não estranhará quando chegar à idade de entrar no convento; será frade feliz. *(À parte:)* E a legítima também ficará em casa...

3. Mar, abismo.
4. Rochedo sob o mar, recife.

Florência – Que sacrifícios não farei eu para ventura de meus filhos!

Cena III

Entra Juca, vestido de frade, com chapéu desabado, tocando um assobio.

Florência – Anda cá, filhinho. Como estás galante com esse hábito!

Ambrósio – Juquinha, gostas desta roupa?

Juca – Não, não me deixa correr, é preciso levantar assim... *(Arregaça o hábito.)*

Ambrósio – Logo te acostumarás.

Florência – Filhinho, hás-de ser um fradinho muito bonito.

Juca, *chorando* – Não quero ser frade!

Florência – Então, o que é isso?

Juca – Hi, hi, hi... Não quero ser frade!

Florência – Menino!

Ambrósio – Pois não te darei o carrinho que te prometi, todo bordado de prata, com cavalos de ouro.

Juca, *rindo-se* – Onde está o carrinho?

Ambrósio – Já o encomendei; é cousa muito bonita: os arreios todos enfeitados de fitas e veludo.

Juca – Os cavalos são de ouro?

Ambrósio – Pois não, de ouro com os olhos de brilhantes.

Juca – E andam sozinhos?

Ambrósio – Se andam! De marcha e passo.

Juca – Andam, mamãe?

Florência – Correm, filhinho.

Juca, *saltando de contente* – Como é bonito! E o carrinho tem rodas, capim para os cavalos, uma moça bem enfeitada?

Ambrósio – Não lhe falta nada.

Juca – E quando vem?

Ambrósio – Assim que estiver pronto.

Juca, *saltando e cantando* – Eu quero ser frade, eu quero ser frade... *(Etc.)*

Ambrósio, *para Florência* – Assim o iremos acostumando...

Florência – Coitadinho, é preciso comprar-lhe o carrinho!

Ambrósio, *rindo-se* – Com cavalos de ouro?

Florência – Não.

Ambrósio – Basta que se compre uma caixinha com soldados de chumbo.

Juca, *saltando pela sala* – Eu quero ser frade!

Florência – Está bom, Juquinha, serás frade; mas não grites tanto. Vai lá para dentro.

Juca *sai cantando* – Eu quero ser frade... *(Etc.)*

Florência – Estas crianças...

Ambrósio – Este levaremos com facilidade... De pequenino se torce o pepino... Cuidado me dá o teu sobrinho Carlos.

Florência – Já vai para seis meses que ele entrou como noviço no convento.

Ambrósio – E queira Deus que decorra o ano inteiro para professar, que só assim ficaremos tranquilos.

Florência – E se fugir do convento?

Ambrósio – Lá isso não temo eu... Está bem recomendado. É preciso empregarmos toda nossa autoridade para obrigá-lo a professar. O motivo, bem o sabes...

Florência – Mas olha que Carlos é da pele, é endiabrado.

Ambrósio – Outros tenho eu domado... Vão sendo horas de sairmos, vou-me vestir. *(Sai pela esquerda.)*

Cena IV

Florência, *só* – Se não fosse este homem com quem casei-me segunda vez, não teria agora quem zelasse com tanto desinteresse a minha fortuna. É uma bela pessoa... Rodeia-me de cuidados e carinhos. Ora, digam lá que uma mulher não deve casar-se segunda vez... Se eu soubesse que havia de ser sempre tão feliz, casar-me-ia cinquenta.

Cena V

Entra Emília, vestida de preto, como querendo atravessar a sala.

Florência – Emília, vem cá.

Emília – Senhora?

Florência – Chega aqui. Ó menina, não deixarás este ar triste e lagrimoso em que andas?

Emília – Minha mãe, eu não estou triste. *(Limpa os olhos com o lenço.)*

Florência – Aí tem! Não digo? A chorar. De que chora?

Emília – De nada, não senhora.

Florência – Ora, isto é insuportável! Mata-se e amofina-se uma mãe extremosa para fazer a felicidade de sua filha, e como agradece esta? Arrepelando-se e chorando. Ora, sejam lá mãe e tenham filhos desobedientes...

Emília – Não sou desobediente. Far-lhe-ei a vontade; mas não posso deixar de chorar e sentir. *(Aqui aparece à porta por onde saiu, Ambrósio, em mangas de camisa, para observar.)*

Florência – E por que tanto chora a menina, por quê?

Emília – Minha mãe...

Florência – O que tem de mau a vida de freira?

Emília – Será muito boa, mas é que não tenho inclinação nenhuma para ela.

Florência – Inclinação, inclinação! O que quer dizer inclinação? Terás, sem dúvida, por algum francelho[5] frequentador de bailes e passeios, jogador do *écarté*[6] e dançador de polca? Essas inclinações é que perdem a muitas meninas. Esta cabecinha ainda está muito leve; eu é que sei o que te convém: serás freira.

Emília – Serei freira, minha mãe, serei! Assim como estou certa que hei-de ser desgraçada.

Florência – Histórias! Sabes tu o que é mundo? O mundo é... é... *(À parte:)* Já não me recordo o que me disse o Sr. Ambrósio que era o mundo. *(Alto:)* O mundo é... um... é... *(À parte:)* E esta? *(Vendo Ambrósio junto da porta:)* Ah, Ambrósio, dize aqui a esta estonteada o que é o mundo.

Ambrósio, *adiantando-se* – O mundo é um pélago de enganos e traições, um escolho em que naufragam a felicidade e as doces ilusões da vida... E o convento é porto de

5. Pejorativo para o apegado à cultura francesa; sujeito dado a finezas e requintes.
6. Do francês, jogo de baralho; carteado.

salvação e ventura, único abrigo da inocência e verdadeira felicidade... Onde está minha casaca?

Florência – Lá em cima no sótão. *(Ambrósio sai pela direita. Florência, para Emília:)* Ouviste o que é o mundo, e o convento? Não sejas pateta, vem acabar de vestir-te, que são mais que horas. *(Sai pela direita.)*

Cena VI

Emília e depois Carlos.

Emília – É minha mãe, devo-lhe obediência, mas este homem, meu padrasto, como o detesto! Estou certa que foi ele quem persuadiu a minha mãe que me metesse no convento. Ser freira? Oh, não, não! E Carlos, que tanto amo? Pobre Carlos, também te perseguem! E por que nos perseguem assim? Não sei. Como tudo mudou nesta casa, depois que minha mãe casou-se com este homem! Então não pensou ela na felicidade de seus filhos. Ai, ai!

Cena VII

Carlos, com hábito de noviço, entra assustado e fecha a porta.

Emília, *assustando-se* – Ah, quem é? Carlos!

Carlos – Cala-te!

Emília – Meu Deus, o que tens, por que estás tão assustado? O que foi?

Carlos – Onde está minha tia, e o teu padrasto?

Emília – Lá em cima. Mas o que tens?

Carlos – Fugi do convento, e aí vêm eles atrás de mim.

Emília – Fugiste? E por que motivo?

Carlos – Por que motivo? Pois faltam motivos para se fugir de um convento? O último foi o jejum em que vivo há sete dias... Vê como tenho esta barriga, vai a sumir-se. Desde sexta-feira passada que não mastigo pedaço que valha a pena.

Emília – Coitado!

Carlos – Hoje, já não podendo, questionei com o D. Abade. Palavras puxam palavras; dize tu, direi eu, e por fim de contas arrumei-lhe uma cabeçada, que o atirei por esses ares.

Emília – O que fizeste, louco?

Carlos – E que culpa tenho eu, se tenho a cabeça esquentada? Para que querem violentar minhas inclinações?

Não nasci para frade, não tenho jeito nenhum para estar horas inteiras no coro a rezar com os braços encruzados. Não me vai o gosto para aí... Não posso jejuar: tenho, pelo menos três vezes ao dia, uma fome de todos os diabos. Militar é o que eu quisera ser; para aí chama-me a inclinação. Bordoadas, espadeiradas, rusgas é que me regalam; esse é o meu gênio. Gosto de teatro, e de lá ninguém vai ao teatro, à exceção de Frei Maurício, que frequenta a plateia de casaca e cabeleira, para esconder a coroa.

Emília – Pobre Carlos, como terás passado estes seis meses de noviciado!

Carlos – Seis meses de martírio! Não que a vida de frade seja má; boa é ela para quem a sabe gozar e que para ela nasceu; mas eu, priminha, eu que tenho para a tal vidinha negação completa, não posso!

Emília – E os nossos parentes, quando nos obrigam a seguir uma carreira para a qual não temos inclinação alguma, dizem que o tempo acostumar-nos-á.

Carlos – O tempo acostumar! Eis aí porque vemos entre nós tantos absurdos e disparates. Este tem jeito para sapateiro: pois vá estudar medicina... Excelente médico! Aquele tem inclinação para cômico: pois não senhor, será político... Ora, ainda isso vá. Estoutro só tem jeito para caiador ou borrador: nada, é ofício que não presta... Seja diplomata, que borra tudo quanto faz. Aqueloutro chama-lhe toda a propensão para a ladroeira; manda o bom-senso que se corrija o sujeitinho, mas isso não se faz: seja tesoureiro de repartição, fiscal, e lá se vão os cofres da nação à garra... Essoutro tem uma grande carga de preguiça e indolência e só serviria para leigo de convento, no entanto vemos o bom do mandrião empregado público, comendo com as mãos encruzadas sobre a pança o pingue[7] ordenado da nação.

Emília – Tens muita razão; assim é.

Carlos – Este nasceu para poeta ou escritor, com uma imaginação fogosa e independente, capaz de grandes cousas, mas não pode seguir a sua inclinação, porque poetas e escritores morrem de miséria, no Brasil... E assim [o] obriga a necessidade a ser mais somenos amanuense em uma repartição pública e a copiar cinco horas por dia os mais soníferos papéis. O que acontece? Em breve matam-lhe a inteligência e fazem do homem pensante máquina estúpida, e assim se gasta uma vida! É preciso, é já tempo que alguém olhe para isso, e alguém que possa.

Emília – Quem pode nem sempre sabe o que se passa entre nós, para poder remediar; é preciso falar.

Carlos – O respeito e a modéstia prendem muitas línguas, mas lá vem um dia que a voz da razão se faz ouvir, e tanto mais forte quanto mais comprimida.

Emília – Mas Carlos, hoje te estou desconhecendo...

Carlos – A contradição em que vivo tem-me exasperado! E como queres tu que eu não fale quando vejo, aqui, um péssimo cirurgião que poderia ser bom alveitar[8]; ali, um ignorante general que poderia ser excelente enfermeiro; acolá, um periodiqueiro[9]

7. Gordo, farto.
8. Do árabe, sujeito prático na lida veterinária, mas sem diploma.
9. Forma pejorativa para jornalista.

que só serviria para arreeiro[10], tão desbocado e insolente é, etc., etc. Tudo está fora de seus eixos...

Emília – Mas que queres tu que se faça?

Carlos – Que não se constranja ninguém, que se estudem os homens e que haja uma bem entendida e esclarecida proteção, e que, sobretudo, se despreze o patronato, que assenta o jumento nas bancas das academias e amarra o homem de talento à manjedoura. Eu, que quisera viver com uma espada à cinta e à frente do meu batalhão, conduzi-lo ao inimigo através da metralha, bradando: "Marcha... *(Manobrando pela sala, entusiasmado:)* Camaradas, coragem, calar baionetas! Marche, marche! Firmeza, avança! O inimigo fraqueia... *(Seguindo Emília, que recua, espantada:)* Avança!"

Emília – Primo, primo, que é isso? Fique quieto!

Carlos, *entusiasmado* – "Avança, bravos companheiros, viva a Pátria! Viva!"– e voltar vitorioso, coberto de sangue e poeira... Em vez desta vida de agitação e glória, hei-de ser frade, revestir-me de paciência e humildade, encomendar defuntos... *(Cantando:)* *Requiescat in pace... a porta inferni! Amen...*[11] O que seguirá disto? O ser eu péssimo frade, descrédito do convento e vergonha do hábito que visto. Falta-me a paciência.

Emília – Paciência, Carlos, preciso eu também ter, e muita. Minha mãe declarou-me positivamente que eu hei-de ser freira.

Carlos – Tu, freira? Também te perseguem?

Emília – E meu padrasto ameaça-me.

10. Pessoa que guia animais de carga.
11. Do latim, "descanse em paz... na porta do inferno! Amém...".

Carlos – Emília, aos cinco anos estava eu órfão, e tua mãe, minha tia, foi nomeada por meu pai sua testamenteira e minha tutora. Contigo cresci nesta casa, e à amizade de criança seguiu-se inclinação mais forte... Eu te amei, Emília, e tu também me amaste.

Emília – Carlos!

Carlos – Vivíamos felizes, esperando que um dia nos uniríamos. Nesses planos estávamos, quando apareceu este homem, não sei donde, e que soube a tal ponto iludir tua mãe, que a fez esquecer-se de seus filhos que tanto amava, de seus interesses, e contrair segundas núpcias.

Emília – Desde então nossa vida tem sido tormentosa...

Carlos – Obrigaram-me a ser noviço, e não contentes com isso, querem-te fazer freira. Emília, há muito tempo que eu observo este teu padrasto. E sabes qual tem sido o resultado de minhas observações?

Emília – Não.

Carlos – Que ele é um rematadíssimo velhaco.

Emília – Oh, estás bem certo disso?

Carlos – Certíssimo! Esta resolução que tomaram, de fazerem-te freira, confirma a minha opinião.

Emília – Explica-te.

Carlos – Teu padrasto persuadia a minha tia que me obrigasse a ser frade para assim roubar-me, impunemente, a herança que meu pai deixou-me. Um frade não põe demandas[12]...

Emília – É possível?

Carlos – Ainda mais; querem que tu sejas freira para não te darem dote, se te casares.

12. Brigar na justiça por um direito.

Emília – Carlos, quem te disse isso? Minha mãe não é capaz!

Carlos – Tua mãe vive iludida. Oh, que não possa eu desmascarar este tratante!...

Emília – Fala baixo!

Cena VIII

Entra Juca.

Juca – Mana, mamãe pergunta por você.

Carlos – De hábito? Também ele? Ah!...

Juca, *correndo para Carlos* – Primo Carlos!

Carlos, *tomando-o no colo* – Juquinha! Então, prima, tenho ou não razão? Há ou não plano?

Juca – Primo, você também é frade? Já lhe deram também um carrinho de prata com cavalos de ouro?

Carlos – O que dizes?

Juca – Mamãe disse que havia de me dar um muito dourado quando eu fosse frade. *(Cantando:)* Eu quero ser frade... *(Etc., etc.)*

Carlos, *para Emília* – Ainda duvidas? Vê como enganam esta inocente criança!

Juca – Não enganam não, primo; os cavalos andam sozinhos.

Carlos, *para Emília* – Então?

Emília – Meu Deus!

Carlos – Deixa o caso por minha conta. Hei-de fazer uma estralada de todos os diabos, verão...

Emília – Prudência!

Carlos – Deixa-os comigo. Adeus, Juquinha, vai para dentro com tua irmã. *(Bota-o no chão.)*

Juca – Vamos, mana. *(Sai cantando:)* Eu quero ser frade... *(Emília o segue.)*

Cena IX

Carlos, *só* – Hei-de descobrir algum meio... Oh, se hei-de! Hei-de ensinar a este patife, que se casou com minha tia para comer não só a sua fortuna, como a de seus filhos. Que belo padrasto!... Mas por ora tratemos de mim; sem dúvida no convento anda tudo em polvorosa... Foi boa cabeçada! O D. Abade deu um salto de trampolim... *(Batem à porta.)* Batem? Mau! Serão eles? *(Batem.)* Espreitemos pelo buraco da fechadura. *(Vai espreitar.)* É uma mulher... *(Abre a porta.)*

Cena X

Rosa e Carlos.

Rosa – Dá licença?

Carlos – Entre.

Rosa, *entrando* – Uma serva de Vossa Reverendíssima.

Carlos – Com quem tenho o prazer de falar?

Rosa – Eu, Reverendíssimo Senhor, sou uma pobre mulher. Ai, estou muito cansada...

Carlos – Pois sente-se, senhora. *(À parte:)* Quem será?

Rosa, *sentando-se* – Eu chamo-me Rosa. Há uma hora que cheguei do Ceará no vapor *Paquete do Norte.*

Carlos – Deixou aquilo por lá tranquilo?

Rosa – Muito tranquilo, Reverendíssimo. Houve apenas no mês passado vinte e cinco mortes.

Carlos – S. Brás! Vinte e cinco mortes! E chama a isso tranquilidade?

Rosa – Se Vossa Reverendíssima soubesse o que por lá vai, não se admiraria. Mas, meu senhor, isto são cousas que nos não pertencem. Deixe lá morrer quem morre, que ninguém se importa com isso. Vossa Reverendíssima é cá da casa?

Carlos – Sim senhora.

Rosa – Então é parente de meu homem?

Carlos – De seu homem?

Rosa – Sim senhor.

Carlos – E quem é seu homem?

Rosa – O Sr. Ambrósio Nunes.

Carlos – O Sr. Ambrósio Nunes!...

Rosa – Somos casados há oito anos.

Carlos – A senhora é casada com o Sr. Ambrósio Nunes, e isto há oito anos?

Rosa – Sim senhor.

Carlos – Sabe o que está dizendo?

Rosa – Essa é boa!

Carlos – Está em seu perfeito juízo?

Rosa – O Reverendíssimo ofende-me...

Carlos – Com a fortuna! Conte-me isso, conte-me – como se casou, quando, como, em que lugar?

Rosa – O lugar foi na igreja.

Carlos – Está visto.

Rosa – Quando, já disse; há oito anos.

Carlos – Mas onde?

Rosa *levanta-se* – Eu digo a Vossa Reverendíssima. Sou filha do Ceará. Tinha eu meus quinze anos quando lá apareceu, vindo do Maranhão, o Sr. Ambrósio. Foi morar na nossa vizinhança. Vossa Reverendíssima bem sabe o que são vizinhanças... Eu o via todos os dias, ele também via-me; eu gostei, ele gostou e nos casamos.

Carlos – Isso foi anda mão, fia dedo...[13] E tem documentos que provem o que diz?

Rosa – Sim senhor, trago comigo a certidão do vigário que nos casou, assinada pelas testemunhas, e pedi logo duas, por causa das dúvidas. Podia perder uma...

Carlos – Continue.

Rosa – Vivi dois anos com meu marido muito bem. Passado esse tempo, morreu minha mãe. O Sr. Ambrósio tomou conta de nossos bens, vendeu-os e partiu para Montevidéu a fim de empregar o dinheiro em um negócio, no qual, segundo dizia, havíamos de ganhar muito. Vai isto para seis anos, mas desde então, Reverendíssimo Senhor, não soube mais notícias dele.

Carlos – Oh!

Rosa – Escrevi-lhe sempre, mas nada de receber resposta. Muito chorei, porque pensei que ele havia morrido.

Carlos – A história vai interessando-me, continue.

Rosa – Eu já estava desenganada, quando um sujeito, que foi aqui do Rio, disse-me que meu marido ainda vivia e que habitava na Corte.

Carlos – E nada mais lhe disse?

13. Rápido, de uma hora para outra.

Rosa – Vossa Reverendíssima vai espantar-se do que eu disser...

Carlos – Não me espanto, diga.

Rosa – O sujeito acrescentou que meu marido tinha-se casado com outra mulher.

Carlos – Ah, disse-lhe isso?

Rosa – E muito chorei eu, Reverendíssimo; mas depois pensei que era impossível, pois um homem pode lá casar-se tendo a mulher viva? Não é verdade, Reverendíssimo?

Carlos – A bigamia é um grande crime; o Código é muito claro.

Rosa – Mas na dúvida tirei as certidões do meu casamento, parti para o Rio, e assim que desembarquei, indaguei onde ele morava. Ensinaram-me e venho eu mesma perguntar-lhe que histórias são essas de casamentos.

Carlos – Pobre mulher, Deus se compadeça de ti!

Rosa – Então é verdade?

Carlos – Filha, a resignação é uma grande virtude. Quer fiar-se em mim, seguir meus conselhos?

Rosa – Sim senhor, mas que tenho eu a temer? Meu marido está com efeito casado?

Carlos – Dê-me cá uma das certidões.

Rosa – Mas...

Carlos – Fia-se ou não em mim?

Rosa – Aqui está. *(Dá-lhe uma das certidões.)*

Ambrósio, *dentro* – Desçam, desçam, que passam as horas.

Carlos – Aí vem ele.

Rosa – Meu Deus!

Carlos – Tomo-a debaixo da minha proteção. Venha cá; entre neste quarto.

Rosa – Mas Reverendíssimo...

Carlos – Entre, entre, senão abandono-a. *(Rosa entra no quarto à esquerda e Carlos cerra a porta.)*

Cena XI

Carlos, *só* – Que ventura, ou antes, que patifaria! Que tal? Casado com duas mulheres! Oh, mas o Código é muito claro... Agora verás como se rouba e se obriga a ser frade...

Cena XII

Entra Ambrósio de casaca, seguido de Florência e Emília, ambas de véu de renda preta sobre a cabeça.

Ambrósio, *entrando* – Andem, andem! Irra, essas mulheres a vestirem-se fazem perder a paciência!

Florência, *entrando* – Estamos prontas.

Ambrósio, *vendo Carlos* – Oh, que fazes aqui?

Carlos *principia a passear pela sala de um para outro lado* – Não vê? Estou passeando; divirto-me.

Ambrósio – Como é lá isso?

Carlos, *do mesmo modo* – Não é da sua conta.

Florência – Carlos, que modos são esses?

Carlos – Que modos são? São os meus.

Emília, *à parte* – Ele se perde!

Florência – Estás doudo?

Carlos – Doudo estava alguém quando... Não me faça falar...

Florência – Hem?

Ambrósio – Deixe-o comigo. *(Para Carlos:)* Por que saíste do convento?

Carlos – Porque quis. Então não tenho vontade?

Ambrósio – Isso veremos. Já para o convento!

Carlos, *rindo-se com força* – Ah, ah, ah!

Ambrósio – Ri-se?

Florência, *ao mesmo tempo* – Carlos!

Emília – Primo!

Carlos – Ah, ah, ah!

Ambrósio, *enfurecido* – Ainda uma vez, obedece-me, ou...

Carlos – Que cara! Ah, ah! *(Ambrósio corre para cima de Carlos.)*

Florência, *metendo-se no meio* – Ambrosinho!

Ambrósio – Deixe-me ensinar a este malcriado...

Carlos – Largue-o, tia, não tenha medo.

Emília – Carlos!

Florência – Sobrinho, o que é isso?

Carlos – Está bom, não se amofinem tanto, voltarei para o convento.

Ambrósio – Ah, já?

Carlos – Já, sim senhor, quero mostrar a minha obediência.

Ambrósio – E que não fosse...

Carlos – Incorreria no seu desagrado? Forte desgraça!...

Florência – Principias?

Carlos – Não senhora, quero dar uma prova de submissão ao senhor meu tio... É, meu tio, é... Casado com minha tia segunda vez... Quero dizer, minha tia é que se casou segunda vez.

Ambrósio, *assustando-se, à parte* – O que diz ele?

Carlos, *que o observa* – Não há dúvida...

Florência, *para Emília* – O que tem hoje este rapaz?

Carlos – Não é assim, senhor meu tio? Venha cá, faça-me o favor, senhor meu tio. *(Travando-lhe do braço.)*

Ambrósio – Tira as mãos.

Carlos – Ora, faça-me o favor, senhor meu tio, quero-lhe mostrar uma coisa; depois farei o que quiser. (*Levando-o para a porta do quarto.*)

Florência – O que é isto?

Ambrósio – Deixa-me!

Carlos – Um instante. (*Retendo Ambrósio com uma mão, com a outra empurra a porta e aponta para dentro, dizendo:*) Vê!

Ambrósio, *afirmando a vista* – Oh! (*Volta para junto de Florência e de Emília, e as toma convulsivo pelo braço.*) Vamos, vamos, são horas!

Florência – O que é?

Ambrósio, *forcejando por sair e levá-las consigo* – Vamos, vamos!

Florência – Sem chapéu?

Ambrósio – Vamos, vamos! (*Sai, levando-as.*)

Carlos – Então, senhor meu tio? Já não quer que eu vá para o convento? (*Depois que ele sai.*) Senhor meu tio, senhor meu tio? (*Vai à porta, gritando.*)

Cena XIII

Carlos, só, e depois Rosa.

Carlos, *rindo-se* – Ah, ah, ah, agora veremos, e me pagarás... E minha tia também há-de pagá-lo, para não se casar na sua idade e ser tão assanhada. E o menino, que não se contentava com uma!...

Rosa, *entrando* – Então, Reverendíssimo?

Carlos – Então?

Rosa – Eu vi meu marido um instante e fugiu. Ouvi vozes de mulheres...

Carlos – Ah, ouviu? Muito estimo. E sabe de quem eram essas vozes?

Rosa – Eu tremo de adivinhar...

Carlos – Pois adivinhe logo de uma assentada... Eram da mulher de seu marido.

Rosa – É então verdade? Pérfido, traidor! Ah, desgraçada! *(Vai a cair desmaiada e Carlos a sustém nos braços.)*

Carlos – Desmaiada! Sra. D. Rosa? Fi-la bonita! Esta é mesmo de frade... Senhora, torne a si, deixe desses faniquitos! Olhe que aqui não há quem a socorra. Nada! E esta? Ó Juquinha? Juquinha? *(Juca entra, trazendo em uma mão um assobio de palha e tocando em outro.)* Deixa esses assobios sobre a mesa e vai lá dentro buscar alguma cousa para esta moça cheirar.

Juca – Mas o quê, primo?

Carlos – A primeira cousa que encontrares. *(Juca larga os assobios na mesa e sai correndo.)* Isto está muito bonito! Um frade com uma moça desmaiada nos braços. Valha-me Santo Antônio! O que diriam, se assim me vissem? *(Gritando-lhe ao ouvido:)* Olá! – Nada.

Juca *entra montado a cavalo em um arco de pipa*[14], *trazendo um galheteiro* – Vim a cavalo para chegar mais depressa. Está o que achei.

Carlos – Um galheteiro, menino?

Juca – Não achei mais nada.

Carlos – Está bom, dá cá o vinagre. *(Toma o vinagre e o chega ao nariz de Rosa.)* Não serve; está na mesma.

14. Pedaço de madeira da árvore que leva este nome.

Toma... Vejamos se o azeite faz mais efeito. Isto parece-me salada... Azeite e vinagre. Ainda está mal temperada; venha a pimenta da Índia. Agora creio que não falta nada. Pior é essa; a salada ainda não está boa! Ai, que não tem sal. Bravo, está temperada! Venha mais sal... Agora sim.

Rosa, *tornando a si* – Onde estou eu?

Carlos – Nos meus braços.

Rosa, *afastando-se* – Ah, Reverendíssimo!

Carlos – Não se assuste. *(Para Juca:)* Vai para dentro. *(Juca sai.)*

Rosa – Agora me recordo... Pérfido, ingrato!

Carlos – Não torne a desmaiar, que já não posso.

Rosa – Assim enganar-me! Não há leis, não há justiça?...

Carlos – Há tudo isso, e de sobra. O que não há é quem as execute. *(Rumor na rua.)*

Rosa, *assustando-se* – Ah!

Carlos – O que será isto? *(Vai à janela.)* Ah, com S. Pedro! *(À parte:)* O mestre de noviços seguido de meirinhos[15] que me procuram... Não escapo...

Rosa – O que é, Reverendíssimo? De que se assusta?

Carlos – Não é nada. *(À parte:)* Estou arranjado! *(Chega à janela.)* Estão indagando na vizinhança... O que farei?

Rosa – Mas o que é? O quê?

Carlos, *batendo na testa* – Oh, só assim... *(Para Rosa:)* Sabe o que é isto?

Rosa – Diga.

Carlos – É um poder de soldados e meirinhos que vem prendê-la por ordem de seu marido.

15. Antiga denominação para funcionário do poder judicial; oficial de justiça.

Rosa – Jesus! Salve-me, salve-me!

Carlos – Hei-de salvá-la; mas faça o que eu lhe disser.

Rosa – Estou pronta.

Carlos – Os meirinhos entrarão aqui e hão-de levar por força alguma cousa – esse é o seu costume. O que é preciso é enganá-los.

Rosa – E como?

Carlos – Vestindo a senhora o meu hábito, e eu o seu vestido.

Rosa – Oh!

Carlos – Levar-me-ão preso; terá a senhora tempo de fugir.

Rosa – Mas...

Carlos – Tá, tá, tá... Ande, deixe-me fazer uma obra de caridade; para isso é que somos frades. Entre para este quarto, dispa lá o seu vestido e mande-me, assim como a touca e xale. Ó Juca? Juca? *(Empurrando Rosa:)* Não se demore. *(Entra Juca.)* Juca, acompanha esta senhora e faze o que ela te mandar. Ande, senhora, com mil diabos! *(Rosa entra no quarto à esquerda, empurrada por Carlos.)*

Cena XIV

Carlos, *só* – Bravo, esta é de mestre! *(Chegando à janela:)* Lá estão eles conversando com o vizinho do armarinho. Não tardarão a dar com o rato na ratoeira, mas o rato é esperto e os logrará. Então, vem o vestido?

Rosa, *dentro* – Já vai.

Carlos – Depressa! O que me vale é ser o Mestre de Noviços catacego e trazer óculos. Cairá na esparrela. *(Gritando:)* Vem ou não?

Juca *traz o vestido, touca e o xale* – Está.

Carlos – Bom. *(Despe o hábito.)* Ora vá, senhor hábito. Bem se diz que o hábito não faz o monge. *(Dá o hábito e o chapéu a Juca.)* Toma, leva à moça. *(Juca sai.)* Agora é que são elas... Isto é mangas? Diabo, por onde se enfia esta geringonça? Creio que é por aqui... Bravo, acertei. Belíssimo! Agora a touca. *(Põe a touca.)* Vamos ao xale... Estou guapo; creio que farei a minha parte de mulher excelentemente. *(Batem na porta.)* São eles. *(Com voz de mulher:)* Quem bate?

Mestre, *dentro* – Um servo de Deus.

Carlos, *com a mesma voz* – Pode entrar quem é.

Cena XV

Carlos, Mestre de Noviços e três meirinhos.

Mestre – Deus esteja nesta casa.

Carlos – Humilde serva de Vossa Reverendíssima...

Mestre – Minha senhora, terá a bondade de perdoar-me pelo incômodo que lhe damos, mas nosso dever...

Carlos – Incômodos, Reverendíssimo Senhor?

Mestre – Vossa Senhoria há-de permitir que lhe pergunte se o noviço Carlos, que fugiu do convento...

Carlos – Psiu, caluda!

Mestre – Hem?

Carlos – Está ali...

Mestre – Quem?

Carlos – O noviço...

Mestre – Ah!

Carlos – É preciso surpreendê-lo...

Mestre – Estes senhores oficiais de justiça nos ajudarão.

Carlos – Muito cuidado. Este meu sobrinho dá-me um trabalho...

Mestre – Ah, a senhora é sua tia?

Carlos – Uma sua criada.

Mestre – Tenho muita satisfação.

Carlos – Não percamos tempo. Fiquem os senhores aqui do lado da porta, muito calados; eu chamarei o sobrinho. Assim que ele sair, não lhe deem tempo de fugir; lancem-se de improviso sobre ele e levem-no à força.

Mestre – Muito bem.

Carlos – Diga ele o que disser, grite como gritar, não façam caso, arrastem-no.

Mestre – Vamos a isso.

Carlos – Fiquem aqui. *(Coloca-os junto à porta da esquerda.)* Atenção. *(Chamando para dentro:)* Psiu! Psiu! Saia cá para fora, devagarinho! *(Prevenção.)*

Cena XVI

Os mesmos e Rosa vestida de frade
e chapéu na cabeça.

Rosa, *entrando* – Já se foram? *(Assim que ela aparece, o Mestre e os meirinhos se lançam sobre ela e procuram carregar até fora.)*

Mestre – Está preso. Há-de ir. É inútil resistir. Assim não se foge... *(Etc., etc.)*

Rosa, *lutando sempre* – Ai, ai, acudam-me! Deixem-me! Quem me socorre? *(Etc.)*

Carlos – Levem-no, levem-no. *(Algazarra de vozes; todos falam ao mesmo tempo, etc. Carlos, para aumentar o ruído, toma um assobio que está sobre a mesa e toca. Juca também entra nessa ocasião, etc. Execução.)*

Fim do Primeiro Ato

Ato Segundo

A mesma sala do primeiro ato.

Cena I

Carlos, ainda vestido de mulher, está sentado, e Juca, à janela.

Carlos – Juca, toma sentido; assim que avistares teu padrasto lá no fim da rua, avisa-me.

Juca – Sim, primo.

Carlos – No que dará tudo isto? Qual será a sorte de minha tia? Que lição! Desanda tudo em muita pancadaria. E a outra, que foi para o convento?... Ah, ah, ah, agora é que me lembro dessa! Que confusão entre os frades, quando ela se der a conhecer! *(Levantando-se:)* Ah, ah, ah, parece-me que estou vendo o D. Abade horrorizado, o Mestre de Noviços limpando os óculos de boca aberta, Frei Maurício, o folgazão, a rir-se às gargalhadas, Frei Sinfrônio, o austero, levantando os olhos para o céu abismado, e os noviços todos fazendo roda, coçando o cachaço[16]. Ah, que festa perco eu! Enquanto eu lá estive ninguém lembrou-se de dar-me semelhante divertimento. Estúpidos! Mas, o fim de tudo isto? O fim?...

Juca, *da janela* – Primo, aí vem ele!

Carlos – Já? *(Chega à janela.)* É verdade. E com que pressa! *(Para Juca:)* Vai tu para dentro. *(Juca sai.)* E eu

16. Parte de trás do pescoço, cangote.

ainda deste modo, com este vestido... Se eu sei o que hei-de fazer?... Sobe a escada... Dê no que der... *(Entra no quarto onde esteve Rosa.)*

Cena II

Entra Ambrósio; mostra no semblante alguma agitação.

Ambrósio – Lá as deixei no Carmo. Entretidas com o ofício, não darão falta de mim. É preciso, e quanto antes, que eu fale com esta mulher. É ela, não há dúvida... Mas como soube que eu aqui estava? Quem lhe disse? Quem a trouxe? Foi o diabo, para a minha perdição. Em um momento pode tudo mudar; não se perca tempo. *(Chega à porta do quarto.)* Senhora, queira ter a bondade de sair cá para fora.

Cena III

Entra Carlos, cobrindo o rosto com um lenço. Ambrósio encaminha-se para o meio da sala, sem olhar para ele, e assim lhe fala.

Ambrósio – Senhora, muito bem conheço as vossas intenções; porém previno-vos que muito vos enganastes.

Carlos, *suspirando* – Ai, ai!

Ambrósio – Há seis anos que vos deixei; tive para isso motivos muito poderosos...

Carlos, *à parte* – Que tratante!

Ambrósio – E o meu silêncio, depois desse tempo, devia ter-vos feito conhecer que nada mais existe de comum entre nós.

Carlos, *fingindo que chora* – Hi, hi, hi...

Ambrósio – O pranto não me comove. Jamais podemos viver juntos... Fomos casados, é verdade, mas que importa?

Carlos, *no mesmo* – Hi, hi, hi...

Ambrósio – Estou resolvido a viver separado de vós.

Carlos, *à parte* – E eu também...

Ambrósio – E para esse fim, empreguei todos os meios, todos, entendeis-me? (*Carlos cai de joelhos aos pés de Ambrósio, e agarra-se às pernas dele, chorando.*) Não valem súplicas. Hoje mesmo deixareis esta cidade; senão, serei capaz de um grande crime. O sangue não me aterra, e ai de quem me resiste! Levantai-vos e parti. (*Carlos puxa as pernas de Ambrósio, dá com ele no chão e levanta-se, rindo-se.*) Ai!

Carlos – Ah, ah, ah!

Ambrósio *levanta-se muito devagar, olhando muito admirado para Carlos, que se ri* – Carlos! Carlos!

Carlos – Senhor meu tio! Ah, ah, ah!

Ambrósio – Mas então o que é isto?

Carlos – Ah, ah, ah!

Ambrósio – Como te achas aqui assim vestido?

Carlos – Este vestido, senhor meu tio... Ah, ah!

Ambrósio – Maroto!

Carlos – Tenha-se lá! Olhe que eu chamo por ela.

Ambrósio – Ela quem, brejeiro?

Carlos – Sua primeira mulher.

Ambrósio – Minha primeira mulher? É falso.

Carlos – É falso?

Ambrósio – É.

Carlos – E será também falsa esta certidão do vigário da freguesia de... *(Olhando para a certidão:)* Maranguape, no Ceará, em que se prova que o senhor meu tio recebeu-se... *(lendo:)* em santo matrimônio, à face da Igreja, com D. Rosa Escolástica, filha de Antônio Lemos, etc., etc.? Sendo testemunhas, etc.

Ambrósio – Dá-me esse papel!

Carlos – Devagar...

Ambrósio – Dá-me esse papel!

Carlos – Ah, o senhor meu tio encrespa-se. Olhe que a tia não está em casa, e eu sou capaz de lhe fazer o mesmo que fiz ao D. Abade.

Ambrósio – Aonde está ela?

Carlos – Em lugar que aparecerá quando eu ordenar.

Ambrósio – Ainda está naquele quarto; não teve tempo de sair.

Carlos – Pois vá ver. *(Ambrósio sai apressado.)*

Cena IV

Carlos, *só* – Procure bem. Deixa estar, meu espertalhão, que agora eu te hei-de apertar a corda na garganta. Estás em meu poder; queres roubar-nos... *(Gritando:)* Procure bem; talvez esteja dentro das gavetinhas do espelho. Então? Não acha?

Cena V

O mesmo e Ambrósio.

Ambrósio, *entrando* – Estou perdido!

Carlos – Não achou?

Ambrósio – O que será de mim?

Carlos – Talvez se escondesse em algum buraquinho de rato.

Ambrósio, *caindo sentado* – Estou perdido, perdido! Em um momento tudo se transtornou. Perdido para sempre!

Carlos – Ainda não, porque eu posso salvá-lo.

Ambrósio – Tu?

Carlos – Eu, sim.

Ambrósio – Carlinho!

Carlos – Já?

Ambrósio – Carlinho!

Carlos – Ora vejam como está terno!

Ambrósio – Por tua vida, salva-me!

Carlos – Eu salvarei, mas debaixo de certas condições...

Ambrósio – E quais são elas?

Carlos – Nem eu nem o primo Juca queremos ser frades...

Ambrósio – Não serão.

Carlos – Quero casar-me com minha prima...

Ambrósio – Casarás.

Carlos – Quero a minha legítima...

Ambrósio – Terás a tua legítima.

Carlos – Muito bem.

Ambrósio – E tu me prometes que nada dirás à tua tia do que sabes?

Carlos – Quanto a isso pode estar certo. (*À parte:*) Veremos...

Ambrósio – Agora dize-me, onde ela está?

Carlos – Não posso, o segredo não é meu.

Ambrósio – Mas dá-me a tua palavra de honra que ela saiu desta casa?

Carlos – Já saiu, palavra de mulher honrada.

Ambrósio – E que nunca mais voltará?

Carlos – Nunca mais. (*À parte:*) Isto é, se quiserem ficar com ela lá no convento, em meu lugar.

Ambrósio – Agora dá-me esse papel.

Carlos – Espere lá; o negócio não vai assim. Primeiro hão-de cumprir-se as condições.

Ambrósio – Carlinho, dá-me esse papel!

Carlos – Não pode ser.

Ambrósio – Dá-mo, por quem és![17]

Carlos – Pior é a seca[18].

Ambrósio – Eis-me a teus pés. *(Ajoelha-se; nesse mesmo tempo aparece à porta Florência e Emília, as quais caminham para ele pé ante pé.)*

Carlos – Isso é teima; levante-se!

Ambrósio – Não me levantarei enquanto mo não deres. Para que o queres tu? Farei tudo quanto quiseres, nada me custará para servir-te. Minha mulher fará tudo quanto ordenares; dispõe dela.

Florência – A senhora pode dispor de mim, pois não...

Ambrósio – Ah! *(Levanta-se espavorido.)*

Carlos, *à parte* – Temo-la!...

Florência, *para Ambrósio* – Que patifaria é essa? Em minha casa e às minhas barbas, aos pés de uma mulher! Muito bem!

Ambrósio – Florência!

Florência – Um dardo que te parta! *(Voltando-se para Carlos:)* E quem é a senhora?

Carlos, *com a cara baixa* – Sou uma desgraçada!

Florência – Ah, é uma desgraçada... Seduzindo um homem casado! Não sabe que... *(Carlos que encara com ela, que rapidamente tem suspendido a palavra e, como assombrada, principia a olhar para ele, que ri-se.)* Carlos! Meu sobrinho!

Emília – O primo!

Carlos – Sim, tiazinha; sim, priminha.

Florência – Que mascarada é essa?

17. Nesse contexto, "seja piedoso!", "quanta maldade!".
18. Conversa fiada, embromação.

Carlos – É uma comédia que ensaiávamos para sábado de Aleluia.

Florência – Uma comédia?

Ambrósio – Sim, era uma comédia, um divertimento, uma surpresa. Eu e o sobrinho arranjávamos isso... Bagatela, não é assim, Carlinho? Mas então vocês não ouviram o ofício até o fim? Quem pregou?

Florência, *à parte* – Isto não é natural... Aqui há cousa.

Ambrósio – A nossa comédia era mesmo sobre isso.

Florência – O que está o senhor a dizer?

Carlos, *à parte* – Perdeu a cabeça. *(Para Florência:)* Tia, basta que saiba que era uma comédia. E antes de principiar o ensaio o tio deu-me a sua palavra que eu não seria frade. Não é verdade, tio?

Ambrósio – É verdade. O rapaz não tem inclinação, e para que obrigá-lo? Seria crueldade.

Florência – Ah!

Carlos – E que a prima não seria também freira, e que se casaria comigo.

Florência – É verdade, Sr. Ambrósio?

Ambrósio – Sim, para que constranger estas duas almas? Nasceram um para o outro; amam-se. É tão bonito ver um tão lindo par!

Florência – Mas, Sr. Ambrósio, e o mundo, que o senhor dizia que era um pélago, um sorvedouro e não sei o que mais?

Ambrósio – Oh, então eu não sabia que estes dous pombinhos se amavam, mas agora que o sei, seria horrível barbaridade. Quando se fecham as portas de um convento sobre um homem, ou sobre uma mulher que leva dentro do peito uma paixão como ressentem estes dous inocentes, torna-se o convento abismo incomensurável de acerbos males, fonte perene de horríssonas desgraças, perdição do corpo e da alma; e o mundo, se nele ficassem, jardim ameno, suave encanto da vida, tranquila paz da inocência, paraíso terrestre. E assim sendo, mulher, quererias tu que sacrificasse tua filha e teu sobrinho?

Florência – Oh, não, não.

Carlos, *à parte* – Que grande patife!

Ambrósio – Tua filha, que faz parte de ti?

Florência – Não falemos mais nisso. O que fizeste está muito bem feito.

Carlos – E em reconhecimento de tanta bondade, faço cessão de metade dos meus bens em favor do senhor meu tio e aqui lhe dou a escritura. *(Dá-lhe a certidão de Rosa.)*

Ambrósio, *saltando para tomar a certidão* – Caro sobrinho! *(Abraça-o.)* E eu, para mostrar o meu desinteresse, rasgo esta escritura. *(Rasga, e à parte:)* Respiro!

Florência – Homem generoso! *(Abraça-o.)*

Ambrósio, *abraçando-a e à parte* – Mulher toleirona!

Carlos, *abraçando Emília* – Isto vai de roda...

Emília – Primo!

Carlos – Priminha, seremos felizes!

Florência – Abençoada seja a hora em que eu te escolhi para meu esposo! Meus caros filhos, aprendei comigo a guiar-vos com prudência na vida. Dous anos estive viúva e não me faltaram pretendentes. Viúva rica... Ah, são vinte cães a um osso. Mas eu tive juízo e critério; soube distinguir o amante interesseiro do amante sincero. Meu coração falou por este homem honrado e probo.

Carlos – Acertadíssima escolha!

Florência – Chega-te para cá, Ambrosinho, não te envergonhes; mereces os elogios que te faço.

Ambrósio, *à parte* – Estou em brasas...

Carlos – Não se envergonhe, tio. Os elogios são merecidos. *(À parte:)* Está em talas...[19]

Florência – Ouves o que diz o sobrinho? Tens modéstia? É mais uma qualidade. Como sou feliz!

Ambrósio – Acabemos com isso. Os elogios assim à queima-roupa perturbam-me.

Florência – Se os mereces...

Ambrósio – Embora.

Carlos – Oh, o tio os merece, pois não. Olhe, tia, aposto eu que o tio Ambrósio em toda a sua vida só tem amado a tia...

Ambrósio – Decerto! *(À parte:)* Quer fazer-me alguma.

Florência – Ai, vida da minha alma!

Ambrósio, *à parte* – O patife é muito capaz...

Carlos – Mas nós, os homens, somos tão falsos – assim dizem as mulheres –, que não admira que o tio...

Ambrósio, *interrompendo-o* – Carlos, tratemos da promessa que te fiz.

Carlos – É verdade; tratemos da promessa. *(À parte:)* Tem medo, que se pela!

Ambrósio – Irei hoje mesmo ao convento falar ao D. Abade, e dir-lhe-ei que temos mudado de resolução a teu respeito. E de hoje a quinze dias, senhora, espero

19. Em apuros; situação constrangedora.

ver esta sala brilhantemente iluminada e cheia de alegres convidados para celebrarem o casamento de nosso sobrinho Carlos com minha cara enteada. *(Aqui entra pelo fundo o Mestre dos Noviços, seguido dos meirinhos e permanentes*[20]*, encaminhando-se para a frente do teatro.)*

Carlos – Enquanto assim praticardes, tereis em mim um amigo.

Emília – Senhor, ainda que não possa explicar a razão de tão súbita mudança, aceito a felicidade que me propondes, sem raciocinar. Darei a minha mão a Carlos, não só para obedecer a minha mãe, como porque muito o amo.

Carlos – Cara priminha, quem será capaz agora de arrancar-me de teus braços?

Mestre, *batendo-lhe no ombro* – Estais preso. *(Espanto dos que estão em cena.)*

Cena VI

Carlos – O que é lá isso? *(Debatendo-se logo que o agarram.)*

Mestre – *Levai-o.*

Carlos – Deixem-me!

Florência – Reverendíssimo, meu sobrinho...

Mestre – Paciência, senhora. Levem-no.

Carlos, *debatendo-se* – Larguem-me, com todos os diabos!

Emília – Primo!

Mestre – Arrastem-no.

20. Soldados da polícia da extinta Guarda Nacional, divididos hierarquicamente em permanentes e provisórios.

Ambrósio – Mas, senhor...

Mestre – Um instante... Para o convento, para o convento.

Carlos – Minha tia, tio Ambrósio! *(Sai arrastado. Emília cai sentada em uma cadeira; o Padre-Mestre fica em cena.)*

Cena VII

Ambrósio, Mestre de Noviços, Florência e Emília.

Florência – Mas senhor, isto é uma violência!

Mestre – Paciência...

Florência – Paciência, paciência? Creio que tenho tido bastante. Ver assim arrastar meu sobrinho, como se fosse um criminoso?

Ambrósio – Espera, Florência, ouçamos o Reverendíssimo. Foi, sem dúvida, por ordem do Sr. D. Abade que Vossa Reverendíssima veio prender nosso sobrinho?

Mestre – Não tomara sobre mim tal trabalho, se não fora por expressa ordem do D. Abade, a quem devemos todos obediência. Vá ouvindo como esse moço zombou de seu mestre. Disse-me a tal senhora, pois tal a supunha eu... Ora, fácil foi enganar-me... Além de ter má vista, tenho muito pouca prática de senhoras...

Ambrósio – Sabemos disso.

Mestre – Disse-me a tal senhora que o noviço Carlos estava naquele quarto.

Ambrósio – Naquele quarto?

Mestre – Sim senhor, e ali mandou-nos esperar em silêncio. Chamou pelo noviço, e assim que ele saiu lançamo-nos sobre ele e à força o arrastamos para o convento.

Ambrósio, *assustado* – Mas a quem, senhor, a quem?

Mestre – A quem?

Florência – Que trapalhada é essa?

Ambrósio – Depressa!

Mestre – Cheguei ao convento, apresentei-me diante do D. Abade, com o noviço prisioneiro, e então... Ah!

Ambrósio – Por Deus, mais depressa!

Mestre – Ainda me coro de vergonha. Então conheci que tinha sido vilmente enganado.

Ambrósio – Mas quem era o noviço preso?

Mestre – Uma mulher vestida de frade.

Florência – Uma mulher?

Ambrósio, *à parte* – É ela!

Mestre – Que vergonha, que escândalo!

Ambrósio – Mas onde está essa mulher? Para onde foi? O que disse? Onde está? Responda!

Mestre – Tende paciência. Pintar-vos a confusão, em que por alguns instantes esteve o convento, é quase impossível. O D. Abade, ao conhecer que o noviço preso era uma mulher, pelos longos cabelos que ao tirar o chapéu lhe caíram sobre os ombros, deu um grito de horror. Toda a comunidade acorreu e grande foi então a confusão. Um gritava: Sacrilégio! Profanação! Outro ria-se; este interrogava; aquele respondia ao acaso... Em menos de dois segundos a notícia percorreu todo o convento, mas alterada e aumentada. No refeitório dizia-

-se que o diabo estava no coro, dentro dos canudos do órgão; na cozinha julgava-se que o fogo lavrava nos quatro ângulos do edifício; qual, pensava que D. Abade tinha caído da torre abaixo; qual, que fora arrebatado para o céu. Os sineiros, correndo para as torres, puxavam como energúmenos pelas cordas dos sinos; os porteiros fecharam as portas com horrível estrondo: os responsos[21] soaram de todos os lados, e a algazarra dos noviços dominava esse ruído infernal, causado por uma única mulher. Oh, mulheres!

Ambrósio – Vossa Reverendíssima faz o seu dever; estou disso bem certo.

Florência – Mas julgamos necessário declarar a Vossa Reverendíssima que estamos resolvidos a tirar nosso sobrinho do convento.

Mestre – Nada tenho eu com essa resolução. Vossa Senhoria entender-se-á a esse respeito com o D. Abade.

Florência – O rapaz não tem inclinação nenhuma para frade.

Ambrósio – E seria uma crueldade violentar-lhe o gênio.

Mestre – O dia em que o Sr. Carlos sair do convento será para mim dia de descanso. Há doze anos que sou Mestre de Noviços e ainda não tive para doutrinar rapaz mais endiabrado. Não se passa um só dia em que se não tenha de lamentar alguma travessura desse moço. Os noviços, seus companheiros, os irmãos leigos e os domésticos do convento temem-no como se teme a um touro bravo. Com todos moteja e a todos espanca.

Florência – Foi sempre assim, desde pequeno.

21. Falas repetidas em coro nos rituais litúrgicos.

Mestre – E se o conheciam, senhores, para que o obrigaram a entrar no convento, a seguir uma vida em que se requer tranquilidade de gênio?

Florência – Oh, não foi por meu gosto; meu marido é que persuadiu-me.

Ambrósio, *com hipocrisia* – Julguei assim fazer um serviço agradável a Deus.

Mestre – Deus, senhores, não se compraz com sacrifícios alheios. Sirva-o cada um com seu corpo e alma, porque cada um responderá pelas suas obras.

Ambrósio, *com hipocrisia* – Pequei, Reverendíssimo, pequei; humilde peço perdão.

Mestre – Esse moço foi violentamente constrangido e o resultado é a confusão em que está a casa de Deus.

Florência – Mil perdões, Reverendíssimo, pelo incômodo que lhe temos dado.

Mestre – Incômodos? Para eles nascemos nós... passam despercebidos, e demais, ficam de muros para dentro. Mas hoje houve escândalo, e escândalo público.

Ambrósio – Escândalo público?

Florência – Como assim?

Mestre – O noviço Carlos, depois de uma contenda com o D. Abade, deu-lhe uma cabeçada e o lançou por terra.

Florência – Jesus, Maria, José!

Ambrósio – Que sacrilégio!

Mestre – E fugiu ao merecido castigo. Fui mandado em seu alcance... Requisitei força pública, e aqui chegando, encontrei uma senhora.

Florência – Aqui, uma senhora?

Mestre – E que se dizia sua tia.

Florência – Ai!

Ambrósio – Era ele mesmo.

Florência – Que confusão, meu Deus!

Ambrósio – Mas essa mulher, essa mulher? O que é feito dela?

Mestre – Uma hora depois, que tanto foi preciso para acalmar a agitação, o D. Abade perguntou-lhe como ela ali se achava vestida com o hábito da Ordem.

Ambrósio – E ela que disse?

Mestre – Que tinha sido traída por um frade, que debaixo do pretexto de a salvar, trocara o seu vestido pelo hábito que trazia.

Ambrósio – E nada mais?

Mestre – Nada mais; e fui encarregado de prender de novo a todo o custo o noviço Carlos. E tenho cumprido a minha missão. O que ordenam a este servo de Deus?

Ambrósio – Espere, Reverendíssimo, essa mulher já saiu do convento?

Mestre – No convento não se demoram mulheres.

Ambrósio – Que caminho tomou? Para onde foi? O que disse ao sair?

Mestre – Nada sei.

Ambrósio, *à parte* – O que me espera?

Florência, *à parte* – Aqui há segredo...

Mestre – Às vossas determinações...

Florência – Uma serva de Vossa Reverendíssima.

Mestre, *para Florência* – Quanto à saída de seu sobrinho do convento, com o D. Abade se entenderá.

Florência – Nós o procuraremos. *(Mestre sai e Florência acompanha-o até à porta; Ambrósio está como abismado.)*

Cena VIII

Emília, Ambrósio e Florência.

Emília, *à parte* – Carlos, Carlos, o que será de ti e de mim?

Ambrósio, *à parte* – Se ela agora aparece! Se Florência desconfia... Estou metido em boas! Como evitar, como? Oh, decididamente estou perdido. Se a pudesse encontrar... Talvez súplicas, ameaças, quem sabe? Já não tenho cabeça. Que farei? De uma hora para outra aparece-me ela... *(Florência bate-lhe no ombro.)* Ei-la! *(Assustando-se.)*

Florência – Agora nós. *(Para Emília:)* Menina, vai para dentro. *(Vai-se Emília.)*

Cena IX

Ambrósio e Florência.

Ambrósio, *à parte* – Temos trovoada grossa...

Florência – Quem era a mulher que estava naquele quarto?

Ambrósio – Não sei.

Florência – Sr. Ambrósio, quem era a mulher que estava naquele quarto?

Ambrósio – Florência, já te disse, não sei. São cousas de Carlos.

Florência	– Sr. Ambrósio, quem era a mulher que estava naquele quarto?
Ambrósio	– Como queres que eu to diga, Florencinha?
Florência	– Ah, não sabe? Pois bem, então explique-me: por que razão mostrou-se tão espantado quando Carlos o levou à porta daquele quarto e mostrou-lhe quem estava dentro?
Ambrósio	– Pois eu espantei-me?
Florência	– A ponto de levar-me quase de rastos para a igreja, sem chapéu, lá deixar-me e voltar para casa apressado.
Ambrósio	– Qual! Foi por...
Florência	– Não estude uma mentira, diga depressa.
Ambrósio	– Pois bem, direi. Eu conheço essa mulher.

Florência – Ah! E então quem é ela?

Ambrósio – Queres saber quem é ela? É muito justo, mas aí é que está o segredo.

Florência – Segredos comigo?

Ambrósio – Oh, contigo não pode haver segredo, és a minha mulherzinha. *(Quer abraçá-la.)*

Florência – Tenha-se lá; quem era a mulher?

Ambrósio, *à parte* – Não sei o que lhe diga...

Florência – Vamos!

Ambrósio – Essa mulher... Sim, essa mulher, que há pouco estava naquele quarto, foi amada por mim.

Florência – Por ti?

Ambrósio – Mas nota que digo: foi amada; e o que foi, já não é.

Florência – Seu nome?

Ambrósio – Seu nome? Que importa o nome? O nome é uma voz com que se dão a conhecer as cousas... Nada vale; o indivíduo é tudo... Tratemos do indivíduo. *(À parte:)* Não sei como continuar.

Florência – Então, e que mais?

Ambrósio – Amei a essa mulher. Amei, sim, amei. Essa mulher foi por mim amada, mas então ainda não te conhecia. Oh, e quem ousará criminar a um homem por embelezar-se de uma estrela antes de ver a lua, quem? Ela era a estrela e tu és a lua. Sim, minha Florencinha, tu és a minha lua cheia e eu sou teu satélite.

Florência – Oh, não me convence assim...

Ambrósio, *à parte* – O diabo que convença a uma mulher! *(Alto:)* Florencinha, encanto da minha vida, estou diante de ti como diante do confessionário, com uma mão sobre o coração e com a outra... Onde queres que ponha outra?

Florência – Ponha lá aonde quiser...

Ambrósio – Pois bem, com ambas sobre o coração, dir-te-ei: só tu és o meu único amor, minhas delícias, minha vida... *(À parte:)* e minha burra[22]!

Florência – Se eu pudesse acreditar!...

Ambrósio – Não podes porque não queres. Basta um bocado de boa vontade. Se fiquei aterrorizado ao ver essa mulher, foi por prever os desgostos que terias, se aí a visses.

Florência – Se teme que eu a veja, é porque ainda a ama.

Ambrósio – Amá-la, eu? Ah, desejava que ela estivesse mais longe de mim do que o cometa que apareceu o ano passado.

Florência – Oh, meu Deus, se eu pudesse crer!

Ambrósio, *à parte* – Está meio convencida...

Florência – Se eu o pudesse crer! *(Rosa entra vestida de frade, pelo fundo, para e observa.)*

Ambrósio, *com animação* – Estes raios brilhantes e aveludados de teus olhos ofuscam o seu olhar acanhado e esgateado. Estes negros e finos cabelos varrem da minha ideia as suas emaranhadas melenas[23] cor de fogo. Esta mãozinha torneada *(pega-lhe na mão)*, este colo gentil, esta cintura flexível e delicada fazem-me esquecer os grosseiros encantos dessa mulher que... *(Nesse momento dá com os olhos em Rosa; vai recuando pouco a pouco.)*

Florência – O que tens? De que te espantas?

22. Neste sentido, cofre.
23. Cabeleira.

Rosa, *adiantando-se* – Senhora, este homem pertence-me.

Florência – E quem é Vossa Reverendíssima?

Rosa, *tirando o chapéu, que faz cair os cabelos* – Sua primeira mulher.

Florência – Sua primeira mulher?

Rosa, *dando-lhe a certidão* – Leia. (*Para Ambrósio:*) Conheceis-me, senhor? Há seis anos que nos não vemos, e quem diria que assim nos encontraríamos? Nobre foi o vosso proceder!... Oh, para que não enviastes um assassino para esgotar o sangue destas veias e arrancar a alma deste corpo? Assim devíeis ter feito, porque então eu não estaria aqui para vingar-me, traidor!

Ambrósio, *à parte* – O melhor é deitar a fugir. (*Corre para o fundo. Prevenção.*)

Rosa – Não o deixem fugir! (*Aparecem à porta meirinhos, os quais prendem Ambrósio.*)

Meirinho – Está preso!

Ambrósio – Ai! (*Corre por toda a casa, etc. Enquanto isso se passa, Florência tem lido a certidão.*)

Florência – Desgraçada de mim, estou traída! Quem me socorre? (*Vai para sair, encontra-se com Rosa.*) Ah, para longe, para longe de mim! (*Recuando.*)

Rosa – Senhora, a quem pertencerá ele? (*Execução.*)

Fim do Segundo Ato

Ato Terceiro

Quarto em casa de Florência: mesa, cadeiras, etc., etc., armário, uma cama grande com cortinados, uma mesa pequena com um castiçal com vela acesa. É noite.

Cena I

Florência deitada, Emília sentada junto dela, Juca vestido de calça, brincando com um carrinho pela sala.

Florência – Meu Deus, meu Deus, que bulha faz este menino!

Emília – Maninho, estais fazendo muita bulha a mamãe...

Florência – Minha cabeça! Vai correr lá para dentro...

Emília – Anda, vai para dentro, vai para o quintal. *(Juca sai com o carrinho.)*

Florência – Parece que me estala a cabeça... São umas marteladas aqui nas fontes. Ai, que não posso! Morro desta!...

Emília – Minha mãe, não diga isso, seu incômodo passará.

Florência – Passará? Morro, morro... *(Chorando:)* Hi... *(Etc.)*

Emília – Minha mãe!

Florência, *chorando* – Ser assim traída, enganada! Meu Deus, quem pode resistir? Hi, hi!

Emília – Para que tanto se aflige? Que remédio? Ter paciência e resignação.

Florência – Um homem em quem havia posto toda a minha confiança, que eu tanto amava... Emília, eu o amava muito!

Emília, *à parte* – Coitada!

Florência – Enganar-me deste modo! Tão indignamente, casado com outra mulher. Ah, não sei como não arrebento...

Emília – Tranquilize-se, minha mãe.

Florência – Que eu supunha desinteressado... Entregar-lhe todos os meus bens, assim iludir-me... Que malvado, que malvado!

Emília – São horas de tomar o remédio. *(Toma uma garrafa de remédio, deita-o em uma xícara e dá a Florência.)*

Florência – Como os homens são falsos! Uma mulher não era capaz de cometer ação tão indigna. O que é isso?

Emília – O cozimento que o doutor receitou.

Florência – Dá cá. *(Bebe.)* Ora, de que servem esses remédios? Não fico boa; a ferida é no coração...

Emília – Há-de curar-se.

Florência – Olha, filha, quando eu vi diante de mim essa mulher, senti uma revolução que te não sei explicar... um atordoamento, uma zoada, que há oito dias me tem pregado nesta cama.

Emília – Eu estava no meu quarto, quando ouvi gritos na sala. Saí apressada e no corredor encontrei-me com meu padrasto...

Florência – Teu padrasto?

Emília – ... que passando como uma flecha por diante de mim, dirigiu-se para o quintal, e saltando o muro, desapareceu. Corri para a sala...

Florência – E aí encontraste-me banhada em lágrimas. Ela já tinha saído, depois de ameaçar-me. Ah, mas eu hei-de ficar boa para vingar-me!

Emília – Sim, é preciso ficar boa, para vingar-se.

Florência – Hei-de ficar. Não vale a pena morrer por um traste daquele!

Emília – Que dúvida!

Florência – O meu procurador disse-me que o tratante está escondido, mas que já há mandado de prisão contra ele. Deixa estar. Enganar-me, obrigar-me a que te fizesse freira, constranger a inclinação de Carlos...

Emília – Oh, minha mãe, tenha pena do primo... O que não terá ele sofrido, coitado!

Florência – Já esta manhã mandei falar ao D. Abade por pessoa de consideração, e além disso, tenho uma carta que lhe quero remeter, pedindo-lhe que me faça o obséquio de aqui mandar um frade respeitável para de viva voz tratar comigo este negócio.

Emília – Sim, minha boa mãezinha.

Florência – Chama o José.

Emília, *chamando* – José? José? E a mamãe julga que o primo poderá estar em casa hoje?

Florência – És muito impaciente... Chama o José.

Emília – José?

Cena II

As mesmas e José.

José – Minha senhora...

Florência – José, leva esta carta ao convento. Onde está o Sr. Carlos, sabes?

José – Sei, minha senhora.

Florência – Procura pelo Sr. D. Abade, e lha entrega de minha parte.

José – Sim, minha senhora.

Emília – Depressa! *(Sai José.)*

Florência – Ai, ai!

Emília – Tomara vê-lo já!

Florência – Emília, amanhã lembra-me para pagar as soldadas[24] que devemos ao José e despedi-lo do nosso serviço. Foi metido aqui em casa pelo tratante, e só por esse fato já desconfio dele... Lé com lé, cré com cré...[25] Nada; pode ser algum espião que tenhamos em casa...

Emília – Ele parece-me bom moço.

Florência – Também o outro parecia-me bom homem. Já não me fio em aparências.

Emília – Tudo pode ser.

Florência – Vai ver aquilo lá por dentro como anda, que minhas escravas pilhando-me[26] de cama fazem mil diabruras.

Emília – E fica só?

24. O mesmo que salários.
25. Equivalente a "dize-me com quem andas e eu te direi quem és".
26. Neste caso, no sentido de encontrar, deparar, ver.

Florência – Agora estou melhor, e se precisar de alguma cousa, tocarei a campainha. *(Sai Emília.)*

Cena III

Florência, *só* – Depois que mudei a cama para este quarto que foi do sobrinho Carlos, passo melhor... No meu, todos os objetos faziam-me recordar aquele pérfido. Ora, os homens são capazes de tudo, até de terem duas mulheres... E três, e quatro, e duas dúzias... Que demônios! Há oito dias que estou nesta cama; antes tivesse morrido. E ela, essa mulher infame, onde estará? E outra que tal... Oh, mas que culpa tem ela? Mais tenho eu, já que fui tão tola, tão tola, que casei-me sem indagar quem ele era. Queira Deus que este exemplo aproveite a muitas incautas! Patife, agora anda escondido... Ai, estou cansada... *(Deita-se.)*

Mas não escapará da cadeia... seis anos de cadeia... assim me disse o procurador. Ai, minha cabeça! Se eu pudesse dormir um pouco. Ai, ai, as mulheres neste mundo... estão sujeitas... a... muito... ah! *(Dorme.)*

Cena IV

Carlos entra pelo fundo, apressado; traz o hábito roto e sujo.

Carlos – Não há grades que me prendam, nem muros que me retenham. Arrombei grades, saltei muros e eis-me aqui de novo. E lá deixei parte do hábito, esfolei os joelhos e as mãos. Estou em belo estado! Ora, para que ateimam comigo? Por fim, lanço fogo ao convento e morrem todos os frades assados, e depois queixem-se. Estou no meu antigo quarto, ninguém me viu entrar. Ah, que cama é esta? É da tia... Estará... Ah, é ela... e dorme... Mudou de quarto? O que se terá passado nesta casa há oito dias? Estive preso, incomunicável, a pão e água. Ah, frades! Nada sei. O que será feito da primeira mulher do senhor meu tio, desse grande patife? Onde estará a prima? Como dorme! Ronca que é um regalo! *(Batem palmas.)* Batem! Serão eles, não tem dúvida. Eu acabo por matar um frade...

Mestre, *dentro* – Deus esteja nesta casa.

Carlos – É o Padre-Mestre! Já deram pela minha fugida...

Mestre, *dentro* – Dá licença?

Carlos – Não sou eu decerto que te hei-de dar. Escondamo-nos, mas de modo que ouça o que ele diz... Debaixo da cama... (*Esconde-se.*)

Mestre, *dentro, batendo com força* – Dá licença?

Florência, *acordando* – Quem é? Quem é?

Mestre, *dentro* – Um servo de Deus.

Florência – Emília? Emília? *(Toca a campainha.)*

Cena V

Entra Emília.

Emília – Minha mãe...

Florência – Lá dentro estão todos surdos? Vai ver quem está na escada batendo. *(Emília sai pelo fundo.)* Acordei sobressaltada... Estava sonhando que o meu primeiro marido enforcava o segundo, e era muito bem enforcado...

Cena VI

Entra Emília com o Padre-Mestre.

Emília – Minha mãe, é o Sr. Padre-Mestre. *(À parte:)* Ave de agouro!

Florência – Ah!

Mestre – Desculpe-me, minha senhora.

Florência – O Padre-Mestre é que me há-de desculpar se assim o recebo. *(Senta-se na cama.)*

Mestre – Oh, esteja a seu gosto. Já por lá sabe-se dos seus incômodos. Toda a cidade o sabe. Tribulações deste mundo...

Florência – Emília, oferece uma cadeira ao Reverendíssimo.

Mestre – Sem incômodo. *(Senta-se.)*

Florência – O Padre-Mestre veio falar comigo por mandado do Sr. D. Abade?

Mestre – Não, minha senhora.

Florência – Não? Pois eu lhe escrevi.

Mestre – Aqui venho pelo mesmo motivo que já vim duas vezes.

Florência – Como assim?

Mestre – Em procura do noviço Carlos. Ah, que rapaz!

Florência – Pois tornou a fugir?

Mestre – Se tornou! É indomável! Foi metido no cárcere a pão e água.

Emília – Desgraçado!

Mestre – Ah, a menina lastima-o? Já me não admira que ele faça o que faz.

Florência – O Padre-Mestre dizia...

Mestre – Que estava no cárcere a pão e água, mas o endemoninhado arrombou as grades, saltou na horta, vingou o muro da cerca que deita para a rua e pôs-se a panos.

Florência – Que doudo! E para onde foi?

Mestre – Não sabemos, mas julgamos que para aqui se dirigiu.

Florência – Posso afiançar a Vossa Reverendíssima que por cá ainda não apareceu. *(Carlos bota a cabeça de fora e puxa pelo vestido de Emília.)*

Emília, *assustando-se* – Ai!

Florência – O que é, menina?

Mestre, *levantando-se* – O que foi?

Emília, *vendo Carlos* – Não foi nada, não senhora... Um jeito que dei no pé.

Florência – Tem cuidado. Assente-se, Reverendíssimo. Mas como lhe dizia, o meu sobrinho cá não apareceu; desde o dia que o Padre-Mestre o levou preso ainda o não vi. Não sou capaz de faltar à verdade.

Mestre – Oh, nem tal suponho. E demais, Vossa Senhoria, como boa parenta que é, deve contribuir para a sua correção. Esse moço tem revolucionado todo o convento, e é preciso um castigo exemplar.

Florência	– Tem muita razão; mas eu já mandei falar ao Sr. D. Abade para que meu sobrinho saísse do convento.
Mestre	– E o D. Abade está a isso resolvido. Nós todos nos temos empenhado. O Sr. Carlos faz-nos loucos... Sairá do convento; porém antes será castigado.
Carlos	– Veremos...
Florência,	*para Emília* – O que é?
Emília	– Nada, não senhora.
Mestre	– Não por ele, que estou certo que não se emendará, mas para exemplo dos que lá ficam. Do contrário, todo o convento abalava.
Florência	– Como estão resolvidos a despedir meu sobrinho do convento, e o castigo que lhe querem impor é tão somente exemplar, e ele precisa um pouco, dou minha palavra a Vossa Reverendíssima que, assim que ele aqui aparecer, mandarei agarrá-lo e levar para o convento.
Carlos	– Isso tem mais que se lhe diga...
Mestre,	*levantando-se* – Mil graças, minha senhora.
Florência	– Isto mesmo terá a bondade de dizer ao Sr. D. Abade, a cujas orações me recomendo.
Mestre	– Serei fiel cumpridor. Dê-me as suas determinações.
Florência	– Emília, conduz o Padre-Mestre.
Mestre,	*para Emília* – Minha menina, muito cuidado com o senhor seu primo. Não se fie nele; julgo capaz de tudo. *(Sai.)*
Emília,	*voltando* – Vá encomendar defuntos!

Cena VII

Emília, Florência, e Carlos debaixo da cama.

Florência – Então, que te parece teu primo Carlos? É a terceira fugida que faz. Isto assim não é bonito.

Emília – E para que o prendem?

Florência – Prendem-no porque ele foge.

Emília – E ele foge porque o prendem.

Florência – Belo argumento! É mesmo dessa cabeça. *(Carlos puxa pelo vestido de Emília.)* Mas o que tens tu?

Emília – Nada, não senhora.

Florência – Se ele aqui aparecer hoje, há-de ter paciência, irá para o convento, ainda que seja amarrado. É preciso quebrar-lhe o gênio. Estás a mexer-te?

Emília – Não senhora.

Florência – Queira Deus que ele se emende... Mas que tens tu, Emília, tão inquieta?

Emília – São cócegas na sola dos pés.

Florência – Ah, isso são cãibras. Bate com o pé, assim estás melhor.

Emília – Vai passando.

Florência – O sobrinho é estouvado, mas nunca te dará os desgostos que me deu o Ambró... – nem quero pronunciar o nome. E tu não te aquietas? Bate com o pé.

Emília, *afastando-se da cama* – Não posso estar quieta no mesmo lugar. *(À parte:)* Que louco!

Florência – Estou arrependida de ter escrito. *(Entra José.)* Quem vem aí?

Cena VIII

Os mesmos e José.

Emília – É o José.

Florência – Entregaste a carta?

José – Sim, minha senhora, e o Sr. D. Abade mandou comigo um reverendíssimo, que ficou na sala à espera.

Florência – Fá-lo entrar. *(Sai o criado.)* Emília, vai para dentro. Já que um reverendíssimo teve o incômodo de cá vir, quero aproveitar a ocasião e confessar-me. Posso morrer...

Emília – Ah!

Florência – Anda, vai para dentro e não te assustes. *(Sai Emília.)*

Cena IX

Florência, *só* – A ingratidão daquele monstro assassinou-me. Bom é ficar tranquila com a minha consciência.

Cena X

Ambrósio, com hábito de frade, entra seguindo José.

Criado – Aqui está a senhora.

Ambrósio, *à parte* – Retira-te e fecha a porta. *(Dá-lhe dinheiro.)*

Criado, *à parte* – Que lá se avenham... A paga cá está.

Cena XI

Florência – Vossa Reverendíssima pode aproximar-se. Queira assentar-se. *(Senta-se.)*

Ambrósio, *fingindo que tosse* – Hum, hum, hum... *(Carlos espreita debaixo da cama.)*

Florência – Escrevi para que viesse uma pessoa falar-me e Vossa Reverendíssima quis ter a bondade de vir.

Ambrósio – Hum, hum, hum...

Carlos, *à parte* – O diabo do frade está endefluxado[27].

Florência – E era para tratarmos do meu sobrinho Carlos, mas já não é preciso. Aqui esteve o Padre-Mestre; sobre isso falamos; está tudo justo, e sem dúvida Vossa Reverendíssima já está informado.

Ambrósio, *o mesmo* – Hum, hum, hum...

Florência – Vossa Reverendíssima está constipado; talvez o frio da noite...

Ambrósio, *disfarçando a voz* – Sim, sim...

Florência – Muito bem.

Carlos, *à parte* – Não conheci esta voz no convento...

Florência – Mas para que Vossa Reverendíssima não perdesse de todo o seu tempo, se quisesse ter a bondade de ouvir-me em confissão...

Ambrósio – Ah! *(Vai fechar as portas.)*

Florência – Que faz, senhor? Fecha a porta? Ninguém nos ouve.

Carlos, *à parte* – O frade tem más tenções...

Ambrósio, *disfarçando a voz* – Por cautela.

Florência – Assente-se. *(À parte:)* Não gosto muito disto... *(Alto:)* Reverendíssimo, antes de principiarmos a

27. Gripado.

confissão, julgo necessário informar-lhe que eu fui casada duas vezes; a primeira, com um santo homem, e a segunda, com um demônio.

Ambrósio – Hum, hum, hum...

Florência – Um homem sem honra e sem fé em Deus, um malvado. Casou-se comigo quando ainda tinha mulher viva! Não é verdade, reverendíssimo, que esse homem vai direitinho para o inferno?

Ambrósio – Hum, hum, hum...

Florência – Oh, mas enquanto não vai para o inferno, há-de pagar nesta vida. Há uma ordem de prisão contra ele e o malvado não ousa aparecer.

Ambrósio, *levantando-se e tirando o capuz.* – E quem vos disse que ele não ousa aparecer?

Florência, *fugindo da cama* – Ah!

Carlos, *à parte* – O senhor meu tio!

Ambrósio – Podeis gritar, as portas estão fechadas. Preciso de dinheiro e muito dinheiro para fugir desta cidade, e dar-mo-eis, senão...

Florência – Deixai-me! Eu chamo por socorro!

Ambrósio – Que me importa? Sou criminoso; serei punido. Pois bem, cometerei outro crime, que me pode salvar. Dar-me-eis tudo quanto possuís: dinheiro, joias, tudo! E desgraçada de vós, se não me obedeceis! A morte...

Florência *corre por toda a casa, gritando* – Socorro, socorro! Ladrão, ladrão! Socorro! *(Escuro.)*

Ambrósio, *seguindo-a* – Silêncio, silêncio, mulher!

Carlos – O caso está sério! *(Vai saindo debaixo da cama no momento que Florência atira com a mesa no chão. Ouvem-se gritos fora:* Abra, abra! *Florência, achando-se só e no escuro, senta-se no chão, encolhe-se e cobre-se com uma colcha.)*

Ambrósio, *procurando* – Para onde foi? Nada vejo. Batem nas portas! O que farei?

Carlos, *à parte* – A tia calou-se e ele aqui está.

Ambrósio *encontra-se com Carlos e agarra-lhe no hábito* – Ah, mulher, estais em meu poder. Estas portas não tardarão a ceder; salvai-me, ou mato-te!

Carlos, *dando-lhe uma bofetada* – Tome lá, senhor meu tio!

Ambrósio – Ah! *(Cai no chão.)*

Carlos, *à parte* – Outra vez para a concha. *(Mete-se debaixo da cama.)*

Ambrósio, *levantando-se* – Que mão! Continuam a bater. Onde esconder-me? Que escuro! Deste lado vi um armário... Ei-lo! *(Mete-se dentro.)*

Cena XII

Entram pelo fundo quatro homens armados, Jorge trazendo uma vela acesa. O ambiente fica claro.

Jorge, *entrando* – Vizinha, vizinha, o que é? O que foi? Não vejo ninguém... *(Dá com Florência no canto.)* Quem está aqui?

Florência – Ai, ai!

Jorge – Vizinha, somos nós...

Emília, *dentro* – Minha mãe, minha mãe! *(Entra.)*

Florência – Ah, é o vizinho Jorge! E estes senhores? *(Levantando-se ajudada por Jorge.)*

Emília – Minha mãe, o que foi?

Florência – Filha!

Jorge – Estava na porta de minha loja, quando ouvi gritar: Socorro, socorro! Conheci a voz da vizinha e acudi com estes quatro amigos.

Florência – Muito obrigado, vizinho; ele já se foi.

Jorge – Ele quem?

Florência – O ladrão.

Todos – O ladrão!

Florência – Sim, um ladrão vestido de frade, que me queria roubar e assassinar.

Emília, *para Florência* – Minha mãe!

Jorge – Mas ele não teve tempo de sair. Procuremos.

Florência – Espere, vizinho, deixe-me sair primeiro. Se o encontrarem, deem-lhe uma boa arrochada e levem-no preso. *(À parte:)* Há-de me pagar! Vamos, menina.

Emília, *para Florência* – É Carlos, minha mãe, é o primo!

Florência, *para Emília* – Qual o primo! É ele, teu padrasto.

Emília – É o primo!

Florência – É ele, é ele. Vem. Procurem-no bem, vizinhos, e pau nele. Anda, anda. *(Sai com Emília.)*

Cena XIII

Jorge – Amigos, cuidado! Procuremos tudo; o ladrão ainda não saiu daqui. Venham atrás de mim. Assim que ele aparecer, uma boa maçada de pau, e depois pés e mãos amarrados, e guarda do Tesouro com ele... Sigam-me. Aqui não está; vejamos atrás do armário. *(Vê.)* Nada. Onde se esconderia? Talvez debaixo da cama. *(Levantando o rodapé:)* Oh, cá está ele! *(Dão bordoadas.)*

Carlos, *gritando* – Ai, ai, não sou eu, não sou ladrão, ai, ai!

Jorge, *dando* – Salta para fora, ladrão, salta! *(Carlos sai para fora, gritando:)* Não sou ladrão, sou de casa!

Jorge – A ele, amigos! *(Perseguem Carlos de bordoadas por toda a cena. Por fim, metem-se atrás do armário e atiram com ele no chão. Gritos:* Ladrão!*)*

Cena XIV

Jorge só; depois Florência e Emília.

Jorge – Eles que o sigam; eu já não posso. O diabo esfolou-me a canela com o armário. *(Batendo na porta:)* Ó vizinha, vizinha?

Florência, *entrando* – Então, vizinho?

Jorge – Estava escondido debaixo da cama.

Emília – Não lhe disse?

Jorge – Demos-lhe uma boa maçada de pau e fugiu por aquela porta, mas os amigos foram-lhe no alcance.

Florência – Muito obrigada, vizinho, Deus lhe pague.

Jorge – Estimo que a vizinha não tivesse maior incômodo.

Florência – Obrigado. Deus lhe pague, Deus lhe pague.

Jorge – Boa noite, vizinha; mande levantar o armário que caiu.

Florência – Sim senhor. Boa noite. *(Sai Jorge.)*

Cena XV

Florência e Emília.

Florência – Pagou-me!

Emília, *chorando* – Então, minha mãe, não lhe disse que era o primo Carlos?

Florência – E continuas a teimar?

Emília – Se eu o vi atrás da cama!

Florência – Ai, pior, era teu padrasto.

Emília – Se eu o vi!

Florência – Se eu lhe falei!... É boa teima!

Cena XVI

Juca, *entrando* – Mamãe, aquela mulher do papá quer-lhe falar.

Florência – O que quer essa mulher comigo, o que quer? *(Resoluta:)* Diga que entre. *(Sai Juca.)*

Emília – A mamãe vai afligir-se no estado em que está?

Florência – Bota aqui duas cadeiras. Ela não tem culpa. *(Emília chega uma cadeira. Florência, sentando-se:)* Vejamos o que quer. Chega mais esta outra cadeira para aqui. Bem, vai para dentro.

Emília – Mas, se...

Florência – Anda; uma menina não deve ouvir a conversa que vamos ter. Farei tudo para persegui-lo! *(Emília sai.)*

Cena XVII

Entra Rosa. Já vem de vestido.

Rosa – Dá licença?

Florência – Pode entrar. Queira ter a bondade de sentar-se. *(Senta-se.)*

Rosa – Minha senhora, a nossa posição é bem extraordinária...

Florência – E desagradável no último ponto.

Rosa – Ambas casadas com o mesmo homem...

Florência – E ambas com igual direito.

Rosa – Perdoe-me, minha senhora, nossos direitos não são iguais, sendo eu a primeira mulher...

Florência – Oh, não falo desse direito, não o contesto. Direito de persegui-lo, quero eu dizer.

Rosa – Nisso estou de acordo.

Florência – Fui vilmente atraiçoada...

Rosa – E eu indignamente insultada...

Florência – Atormentei meus filhos...

Rosa – Contribuí para a morte de minha mãe...

Florência – Estragou grande parte de minha fortuna...

Rosa – Roubou-me todos os meus bens...

Florência – Oh, mas hei-de vingar-me!

Rosa, *levantando-se* – Havemos de vingarmo-nos, senhora, e para isso aqui me acho.

Florência, *levantando-se* – Explique-se.

Rosa – Ambas fomos traídas pelo mesmo homem, ambas servimos de degrau à sua ambição. E porventura somos disso culpadas?

Florência – Não.

Rosa – Quando lhe dei eu a minha mão, poderia prever que ele seria um traidor? E vós, senhora, quando lhe destes a vossa, que vos uníeis a um infame?

Florência – Oh, não!

Rosa – E nós, suas desgraçadas vítimas, nos odiaremos mutuamente, em vez de ligarmo-nos, para de comum acordo perseguirmos o traidor?

Florência – Senhora, nem eu, nem vós temos culpa do que se tem passado. Quisera viver longe de vós; vossa presença aviva meus desgostos, porém farei um esforço – aceito o vosso oferecimento —, unamo-nos e mostraremos ao monstro o que podem duas fracas mulheres quando se querem vingar.

Rosa – Eu contava convosco.

Florência – Agradeço a vossa confiança.

Rosa – Sou provinciana, não possuo talvez a polidez da Corte, mas tenho paixões violentas e resoluções prontas. Aqui trago uma ordem de prisão contra o pérfido, mas ele se esconde. Os oficiais de justiça andam em sua procura.

Florência – Aqui esteve há pouco.

Rosa – Quem?

Florência – O traidor.

Rosa – Aqui? Em vossa casa? E não vos assegurastes dele?

Florência – E como?

Rosa – Ah, se eu aqui estivesse...

Florência – Fugiu, mas levou uma maçada de pau.

Rosa – E onde estará ele agora, aonde?

Ambrósio *arrebenta uma tábua do armário, põe a cabeça de fora* – Ai, que abafo!

Florência [*e*] Rosa, *assustadas* – É ele!

Ambrósio, *com a cabeça de fora* – Oh, diabo, cá estão elas!

Florência – É ele! Como te achas aí?

Rosa – Estava espreitando-nos!

Ambrósio – Qual espreitando! Tenham a bondade de levantar este armário.

Florência – Para quê?

Ambrósio – Quero sair... Já não posso... Abafo, morro!

Rosa – Ah, não podes sair? Melhor.

Ambrósio – Melhor?

Rosa – Sim, melhor, porque estás em nosso poder.

Florência – Sabes que estávamos ajustando o meio de nos vingarmos de ti, maroto?

Rosa – E tu mesmo te entregaste... Mas como?...

Florência – Agora já adivinho. Bem dizia Emília; foi Carlos quem levou as bordoadas. Ah, patife, mais essa!

Rosa – Pagará tudo por junto.

Ambrósio – Mulheres, vejam lá o que fazem!

Florência – Não me metes medo, grandíssimo mariola!

Rosa – Sabes que papel é este? É uma ordem de prisão contra ti que vai ser executada. Foge agora!

Ambrósio – Minha Rosinha, tira-me daqui!

Florência – O que é lá?

Ambrósio – Florencinha, tem compaixão de mim!

Rosa – Ainda falas, patife?

Ambrósio – Ai, que grito! Ai, ai!

Florência – Podes gritar. Espera um bocado. *(Sai.)*

Rosa – A justiça de Deus te castiga.

Ambrósio – Escuta-me, Rosinha, enquanto aquele diabo está lá dentro: tu és a minha cara mulher; tira-me daqui que eu te prometo...

Rosa – Promessas tuas? Queres que eu acredite nelas? *(Entra Florência trazendo um pau de vassoura.)*

Ambrósio – Mas eu juro que desta vez...

Rosa – Juras? E tu tens fé em Deus para jurares?

Ambrósio – Rosinha de minha vida, olha que...

Florência *levanta o pau e dá-lhe na cabeça* – Toma, maroto!

Ambrósio, *escondendo a cabeça* – Ai!

Rosa, *rindo-se* – Ah, ah, ah!

Florência – Ah, pensavas que o caso havia de ficar assim? Anda, bota a cabeça de fora!

Ambrósio *principia a gritar* – Ai! *(Etc.)*

Rosa *procura pela casa um pau* – Não acho também um pau...

Florência – Grita, grita, que eu já chorei muito. Mas agora hei-de arrebentar-te esta cabeça. Bota essa cara sem-vergonha de fora!

Rosa *tira o travesseiro da cama* – Isto serve?

Florência – Patife! Homem desalmado!

Rosa – Zombastes, agora pagarás.

Ambrósio, *botando a cabeça de fora* – Ai, que morro! *(Dão-lhe.)*

Rosa – Toma lá!

Ambrósio, *escondendo a cabeça* – Diabos!

Rosa – Chegou nossa vez.

Florência – Verás como se vingam duas mulheres...

Rosa – Traídas...

Florência – Enganadas...

Rosa – Por um tratante...

Florência – Digno da forca.

Rosa – Anda, bota a cabeça de fora!

Florência – Pensavas que havíamos de chorar sempre?

Ambrósio *bota a cabeça de fora* – Já não posso! *(Dão-lhe.)* Ai, que me matam! *(Esconde-se.)*

Rosa – É para teu ensino.

Florência, *fazendo sinais para Rosa* – Está bom, basta, deixá-lo. Vamos chamar os oficiais de justiça.

Rosa – Nada! Primeiro hei-de lhe arrebentar a cabeça. Bota a cabeça de fora. Não queres?

Florência, *fazendo sinais* – Não, minha amiga, por nossas mãos já nos vingamos. Agora, a Justiça.

Rosa – Pois vamos. Um instantinho, meu olho, já voltamos.

Florência – Se quiser, pode sair e passear. Podemos sair, que ele não foge. *(Colocam-se juntos do armário, silenciosas.)*

Ambrósio, *botando a cabeça de fora* – As fúrias já se foram. Escangalharam-me a cabeça! Se eu pudesse fugir... *(Florência [e] Rosa dão-lhe.)*

Florência – Por que não foges?

Rosa – Podes muito bem.

Ambrósio – Demônios! *(Esconde-se.)*

Florência – Só assim teria vontade de rir. Ah, ah!

Rosa – Há seis anos que me não rio de tão boa vontade!

Florência – Então, maridinho?

Rosa – Vidinha, não queres ver tua mulher?

Ambrósio, *dentro* – Demônios, fúria, centopeias! Diabos! Corujas! Ai, ai! *(Gritando sempre.)*

Cena XVIII

Os mesmos e Emília.

Emília, *entrando* – O que é? Riem-se?

Florência – Vem cá, menina, vem ver como se deve ensinar aos homens.

Cena XIX

Entra Carlos preso por soldados, etc., seguido de Jorge.

Jorge, *entrando adiante* – Vizinha, o ladrão foi apanhado.

Carlos, *entre os soldados* – Tia!

Florência – Carlos!

Emília – O primo! *(Ambrósio bota a cabeça de fora e espia.)*

Jorge – É o ladrão.

Florência – Vizinho, este é meu sobrinho Carlos.

Jorge – Seu sobrinho? Pois foi quem levou a coça.

Carlos – Ainda cá sinto...

Florência – Coitado! Foi um engano, vizinho.

Jorge, *para os meirinhos* – Podem largá-lo.

Carlos – Obrigado, priminha! *(Indo para ela.)*

Emília – Pobre primo!

Florência, *para Jorge* – Nós já sabemos como foi o engano, neste armário; depois lhe explicarei. *(Ambrósio esconde-se.)*

Jorge, *para os soldados* – Sinto o trabalho que tiveram... E como não é mais preciso, podem-se retirar.

Rosa – Queiram ter a bondade de esperar. Senhores oficiais de justiça, aqui lhes apresento este mandado de prisão, lavrado contra um homem que se oculta dentro daquele armário.

Todos – Naquele armário!

Meirinho, *que tem lido o mandado* – O mandado está em forma.

Rosa – Tenham a bondade de levantar o armário. *(Os oficiais de justiça e os quatro homens levantam o armário.)*

Florência – Abram. *(Ambrósio sai muito pálido, depois de abrirem o armário.)*

Carlos – O senhor meu tio!

Emília – Meu padrasto!

Jorge – O Sr. Ambrósio!

Meirinho – Estais preso.

Rosa – Levai-no.

Florência – Para a cadeia.

Ambrósio – Um momento. Estou preso, vou passar seis anos na cadeia... Exultai, senhoras. Eu me deveria lembrar antes de me casar com duas mulheres, que basta só uma para fazer o homem desgraçado. O que diremos de duas? Reduzem-no ao estado em que me vejo. Mas não sairei daqui sem ao menos vingar-me em alguém. *(Para os meirinhos:)* Senhores, aquele moço fugiu do convento depois de assassinar um frade.

Carlos – O que é lá isso? *(Mestre de Noviços entra pelo fundo.)*

Ambrósio – Senhores, denuncio-vos um criminoso.

Meirinho – É verdade que tenho aqui uma ordem contra um noviço...

Mestre – ... Que já de nada vale. *(Prevenção.)*

Todos – O Padre-Mestre!

Mestre, *para Carlos* – Carlos, o D. Abade julgou mais prudente que lá não voltasses. Aqui tens a permissão por ele assinada para saíres do convento.

Carlos, *abraçando-o* – Meu bom Padre-Mestre, este ato reconcilia-me com os frades.

Mestre – E vós, senhoras, esperai da justiça dos homens o castigo deste malvado. *(Para Carlos e Emília:)* E vós, meus filhos, sede felizes, que eu pedirei para todos *(ao público:)* indulgência!

Ambrósio – Oh, mulheres, mulheres! *(Execução.)*

Fim

O judas em sábado de aleluia

Comédia em 1 ato

Personagens

José Pimenta,
cabo de esquadra da Guarda Nacional.

Chiquinha,

Maricota,
suas filhas.

Lulu,
(10 anos).

Faustino,
empregado público.

Ambrósio,
capitão da Guarda Nacional.

Antônio Domingos,
velho, negociante.

Meninos e moleques.[1]

[A cena passa-se no Rio de Janeiro, no ano de 1844.]

1. No século XIX, moleque era a designação para criança negra, de pais escravos. Hoje, o vocábulo é empregado indistintamente, embora em algumas regiões do país ainda assuma caráter depreciativo.

Ato Único

Sala em casa de José Pimenta. Porta no fundo, à direita, e à esquerda uma janela; além da porta da direita uma cômoda de jacarandá, sobre a qual estará uma manga de vidro e dous castiçais de casquinha. Cadeiras e mesa. Ao levantar do pano, a cena estará distribuída da seguinte maneira: Chiquinha sentada junto à mesa, cosendo; Maricota à janela; e no fundo da sala, à direita da porta, um grupo de quatro meninos e dous moleques acabam de aprontar um judas, o qual estará apoiado à parede. Serão os seus trajes casaca de corte, de veludo, colete idem, botas de montar, chapéu armado com penacho escarlate (tudo muito usado), longos bigodes, etc. Os meninos e moleques saltam de contentes ao redor do judas e fazem grande algazarra.

Cena I

Chiquinha, Maricota e meninos.

Chiquinha – Meninos, não façam tanta bulha...

Lulu, *saindo do grupo* – Mana, veja o judas como está bonito! Logo quando aparecer a Aleluia, havemos de puxá-lo para a rua.

Chiquinha – Está bom; vão para dentro e logo venham.

Lulu, *para os meninos e moleques* – Vamos pra dentro; logo viremos, quando aparecer a Aleluia. (*Vão todos para dentro, em confusão.*)

Chiquinha, *para Maricota* – Maricota, ainda te não cansou essa janela?

Maricota, *voltando a cabeça* – Não é de tua conta.

Chiquinha – Bem o sei. Mas, olha, o meu vestido está quase pronto; e o teu, não sei quando estará.

Maricota – Hei-de aprontá-lo quando quiser e muito bem me parecer. Basta de seca – cose, e deixa-me.

Chiquinha – Fazes bem. *(Aqui Maricota faz uma mesura para* [a] *rua, como a pessoa que a cumprimenta, e continua depois a fazer acenos com o lenço.)* Lá está ela no seu fadário[2]! Que viva esta minha irmã só para namorar! É forte mania! A todos faz festa, a todos namora... E o pior é que a todos engana... até o dia em que também seja enganada.

Maricota, *retirando-se da janela* – O que estás tu a dizer, Chiquinha?

2. Atividade incessante.

Chiquinha – Eu? Nada.

Maricota – Sim! Agarra-te bem à costura; vive sempre como vives, que hás-de morrer solteira.

Chiquinha – Paciência.

Maricota – Minha cara, nós não temos dote, e não é pregada à cadeira que acharemos noivo.

Chiquinha – Tu já o achaste pregada à janela?

Maricota – Até esperar não é tarde. Sabes tu quantos passaram hoje por esta rua, só para me verem?

Chiquinha – Não.

Maricota – O primeiro que vi, quando cheguei à janela, parado no canto, foi aquele tenente dos Permanentes, que tu bem sabes.

Chiquinha – Casa-te com ele.

Maricota – E por que não, se ele quiser? Os oficiais dos Permanentes têm bom soldo. Podes te rir.

Chiquinha – E depois do tenente, quem mais passou?

Maricota – O cavalo rabão[3].

Chiquinha – Ah!

Maricota – Já te não mostrei aquele moço que anda sempre muito à moda, montado em um cavalo rabão, e que todas as vezes que passa cumprimenta com ar risonho e esporeia o cavalo?

Chiquinha – Sei quem é – isto é, conheço-o de vista. Quem é ele?

Maricota – Sei tanto como tu.

Chiquinha – E o namoras sem o conheceres?

Maricota – Oh, que tola! Pois é preciso conhecer-se a pessoa a quem se namora?

3. De rabo cortado ou muito curto.

Chiquinha – Penso que sim.

Maricota – Estás muito atrasada. Queres ver a carta que ele me mandou esta manhã pelo moleque? *(Tira do seio uma cartinha.)* Ouve: *(lendo:)* "Minha adorada e crepitante estrela!". *(Deixando de ler:)* Hem? Então?...

Chiquinha – Continua.

Maricota, *continuando a ler* – "Os astros que brilham nas chamejantes esferas de teus sedutores olhos ofuscaram em tão subido ponto o meu discernimento, que me enlouqueceram. Sim, meu bem, um general quando vence uma batalha não é mais feliz do que eu sou! Se receberes os meus sinceros sofrimentos serei ditoso, e se não me corresponderes, serei infeliz, irei viver com as feras desumanas da Hircânia[4], do Japão e dos sertões de Minas – feras mais compassivas do que tu. Sim, meu bem, esta será a minha sorte, e lá morrerei... Adeus. Deste que jura ser teu, apesar da negra e fria morte. – *O mesmo*". *(Acabando de ler:)* Então, tem que dizer a isto? Que estilo! que paixão!...

Chiquinha, *rindo-se* – É pena que o menino vá viver por essas brenhas com as feras da Hircânia, com os tatus e tamanduás. E tu acreditas em todo este palanfrório?

Maricota – E por que não? Têm-se visto muitas paixões violentas. Ouve agora esta outra. *(Tira outra carta do seio.)*

Chiquinha – Do mesmo?

Maricota – Não, é daquele mocinho que está estudando latim no Seminário de S. José.

4. Antiga região da Ásia, a sudeste do mar Cáspio.

Chiquinha – Namoras também a um estudante de latim?! O que esperas deste menino?

Maricota – O que espero? Não tens ouvido dizer que as primeiras paixões são eternas? Pois bem, este menino pode ir para S. Paulo, voltar de lá formado e arranjar eu alguma cousa no caso de estar ainda solteira.

Chiquinha – Que cálculo! É pena teres de esperar tanto tempo...

Maricota – Os anos passam depressa, quando se namora. Ouve: *(lendo:)* "Vi teu mimoso semblante e fiquei enleado e cego, cego a ponto de não poder estudar minha lição." *(Deixando de ler:)* Isto é de criança. *(Continua a ler.)* "Bem diz o poeta latino: *Mundus a Domino constitutus est*"[5]. *(Lê estas palavras com dificuldade e diz:)* Isto eu não entendo; há-de ser algum elogio... *(Continua a ler.)* "... *constitutus est.* Se Deus o criou, foi para fazer o paraíso dos amantes, que como eu têm a fortuna de gozar tanta beleza. A mocidade, meu bem, é um tesouro, porque *senectus est morbus*[6]. Recebe, minha adorada, os meus protestos. Adeus, encanto. *Ego vocor*[7] *– Tibúrcio José Maria.*" *(Acabando de ler:)* O que eu não gosto é escrever-me ele em latim. Hei-de mandar-lhe dizer que me fale em português. Lá dentro ainda tenho um maço de cartas que te poderei mostrar; estas duas recebi hoje.

Chiquinha – Se todas são como essas, é rica a coleção. Quem mais passou? Vamos, dize...

5. Do latim, "o mundo é uma obra de Deus".
6. Do latim, "a velhice é uma doença".
7. Do latim, "sou chamado".

Maricota – Passou aquele amanuense da Alfândega, que está à espera de ser segundo escriturário para casar-se comigo. Passou o inglês que anda montado no cavalo do curro[8]. Passou o Ambrósio, capitão da Guarda Nacional. Passou aquele moço de bigodes e cabelos grandes, que veio da Europa, onde esteve empregado na diplomacia. Passou aquele sujeito que tem loja de fazendas. Passou...

Chiquinha, *interrompendo* – Meu Deus, quantos!... E a todos esses namoras?

Maricota – Pois então! E o melhor é que cada um *de per si* pensa ser o único da minha afeição.

Chiquinha – Tens habilidade! Mas dize-me, Maricota, que esperas tu com todas essas loucuras e namoros? Que planos são os teus? *(Levanta-se.)* Não vês que te podes desacreditar?

Maricota – Desacreditar-me por namorar! E não namoram todas as moças? A diferença está em que umas são mais espertas do que outras. As estouvadas, como tu dizes que eu sou, namoram francamente, enquanto as sonsas vão pela calada. Tu mesma, com este ar de santinha – anda, faze-te vermelha! –, talvez namores, e muito; e, se eu não posso assegurar, é porque tu não és sincera como eu sou. Desengana-te, não há moça que não namore. A dissimulação de muitas é que faz duvidar de suas estrepolias. Apontas-me porventura uma só, que não tenha hora escolhida para chegar à janela, ou que não atormente ao pai ou à mãe para ir a este ou àquele baile, a esta ou àquela festa? E pensas tu que é isto feito indiferentemente, ou por acaso?

8. Garanhão, cavalo reprodutor.

Enganas-te, minha cara, tudo é namoro, e muito namoro. Os pais, as mães e as simplórias como tu é que nada veem e de nada desconfiam. Quantas conheço eu, que no meio de parentes e amigas, cercadas de olhos vigilantes, namoram tão sutilmente, que não se pressente! Para quem sabe namorar tudo é instrumento: uma criança que se tem ao colo e se beija, um papagaio com o qual se fala à janela, um mico que brinca sobre o ombro, um lenço que volteia na mão, uma flor que se desfolha – tudo, enfim! E até quantas vezes o namorado desprezado serve de instrumento para se namorar a outrem! Pobres tolos, que levam a culpa e vivem logrados, em proveito alheio! Se te quisesse eu explicar e patentear os ardis e espertezas de certas meninas que passam por sérias e que são refinadíssimas velhacas, não acabaria hoje. Vive na certeza, minha irmã, que as moças dividem-se em duas classes: sonsas e sinceras... Mas que todas namoram.

Chiquinha – Não questionarei contigo. Demos que assim seja, quero mesmo que o seja. Que outro futuro esperam as filhas-famílias[9], senão o casamento? É a nossa senatoria[10], como costumam dizer. Os homens não levam a mal que façamos da nossa parte todas as diligências para alcançarmos este fim; mas o meio que devemos empregar é tudo. Pode ele ser prudente e honesto, ou tresloucado como o teu.

Maricota – Não dizia eu que havia sonsas e sinceras? Tu és das sonsas.

9. As que ficam sob a tutela e na dependência dos pais.

10. Aqui, entenda-se o único e melhor destino com o avançar da idade. Na Roma antiga, a senatoria era uma assembleia constituída pelos anciães.

Chiquinha – Pode ele nos desacreditar, como não duvido que o teu te desacreditará.

Maricota – E por quê?

Chiquinha – Namoras a muitos.

Maricota – Oh, essa é grande! Nisto justamente é que eu acho vantagem. Ora dize-me, quem compra muitos bilhetes de loteria não tem mais probabilidade de tirar a sorte grande do que aquele que só compra um? Não pode do mesmo modo, nessa loteria do casamento, quem tem muitos amantes ter mais probabilidade de tirar um para marido?

Chiquinha – Não, não! A namoradeira é em breve tempo conhecida e ninguém a deseja por mulher. Julgas que os homens iludem-se com ela e que não sabem que valor devem dar aos seus protestos? Que mulher pode haver tão fina, que namore a muitos e que faça crer a cada um em particular que é o único amado? Aqui em nossa terra, grande parte dos moços são presunçosos, linguarudos e indiscretos; quando têm o mais insignificante namorico, não há amigos e conhecidos que não sejam confidentes. Que cautelas podem resistir a essas indiscrições? E conhecida uma moça por namoradeira, quem se animará a pedi-la por esposa? Quem se quererá arriscar a casar-se com uma mulher que continue depois de casada as cenas de sua vida de solteira? Os homens têm mais juízo do que pensas; com as namoradeiras divertem-se eles, mas não se casam.

Maricota – Eu to mostrarei.

Chiquinha – Veremos. Dá graças a Deus se por fim encontrares um velho para marido.

Maricota – Um velho! Antes quero morrer, ser freira... Não me fales nisso, que me arrepiam os cabelos! Mas para que me aflijo? É-me mais fácil... Aí vem meu pai. *(Corre e assenta-se à costura, junto à mesa.)*

Cena II

José Pimenta e Maricota. Entra José Pimenta com a farda de cabo de esquadra da Guarda Nacional, calças de pano azul e barretão – tudo muito usado.

Pimenta, *entrando* – Chiquinha, vai ver minha roupa, já que estás vadia[11]. *(Chiquinha sai.)* Está bem bom! Está bem bom! *(Esfrega as mãos de contente.)*

Maricota, *cosendo* – Meu pai sai?

Pimenta – Tenho que dar algumas voltas, a ver se cobro o dinheiro das guardas de ontem. Abençoada a hora em que eu deixei o ofício de sapateiro para ser cabo de esquadra da Guarda Nacional! O que ganhava eu pelo ofício? Uma tuta e meia[12]. Desde pela manhã até alta noite sentado à tripeça, metendo sovela daqui, sovela dacolá, cerol pra uma banda, cerol pra outra; puxando couro com os dentes, batendo de martelo, estirando o tirapé – e no fim das contas chegava apenas o jornal[13] para se comer, e mal. Torno a dizer, feliz a hora em que deixei o ofício para ser cabo de esquadra da

11. Neste caso, à toa, sem fazer nada.
12. Uma mixaria.
13. Neste sentido, salário, ordenado.

Guarda Nacional! Das guardas, das rondas e das ordens de prisão faço o meu patrimônio. Cá as arranjo de modo que rendem, e não rendem pouco... Assim é que é o viver; e no mais, saúde, e viva a Guarda Nacional e o dinheirinho das guardas que vou cobrar, e que muito sinto ter de repartir com ganhadores. Se vier alguém procurar-me, dize que espere, que eu já volto. *(Sai.)*

Cena III

Maricota, *só* – Tem razão; são milagres! Quando meu pai trabalhava pelo ofício e tinha um jornal certo, não podia viver; agora que não tem ofício nem jornal, vive sem necessidades. Bem diz o Capitão Ambrósio que os ofícios sem nome são os mais lucrativos. Basta de coser. *(Levanta-se.)* Não hei-de namorar o agulheiro, nem casar-me com a almofada. *(Vai para a janela. Faustino aparece na porta ao fundo, donde espreita para a sala.)*

Cena IV

Faustino e Maricota.

Faustino – Posso entrar?

Maricota, *voltando-se* – Quem é? Ah, pode entrar.

Faustino, *entrando* – Estava ali defronte na loja do barbeiro, esperando que teu pai saísse para poder ver-te, falar-te, amar-te, adorar-te, e...

Maricota – Deveras!

Faustino – Ainda duvidas? Para quem vivo eu, senão para ti? Quem está sempre presente na minha imaginação? Por quem faço eu todos os sacrifícios?

Maricota – Fale mais baixo, que a mana pode ouvir.

Faustino – A mana! Oh, quem me dera ser a mana, para estar sempre contigo! Na mesma sala, na mesma mesa, no mesmo...

Maricota, *rindo-se* – Já você começa.

Faustino – E como hei de acabar sem começar? *(Pegando-lhe na mão:)* Decididamente, meu amor, não posso viver sem ti... E sem o meu ordenado.

Maricota – Não lhe creio: muitas vezes está sem me aparecer dous dias, sinal que pode viver sem mim; e julgo que pode também viver sem o seu ordenado, porque...

Faustino – Impossível!

Maricota – Porque o tenho visto passar muitas vezes por aqui de manhã às onze horas e ao meio-dia, o que prova que gazeia sofrivelmente, que leva ponto e lhe descontam o ordenado.

Faustino – Gazear a repartição o modelo dos empregados? Enganaram-te. Quando lá não vou, é ou por doente, ou por ter mandado parte de doente...

Maricota – E hoje que é dia de trabalho, mandou parte?

Faustino – Hoje? Ah, não me fales nisso, que me desespero e alucino! Por tua causa sou a vítima a mais infeliz da Guarda Nacional!

Maricota – Por minha causa?!

Faustino – Sim, sim, por tua causa! O capitão da minha companhia, o mais feroz capitão que tem aparecido no mundo, depois que se inventou a Guarda Nacional, persegue-me, acabrunha-me e assassina-me! Como sabe que eu te amo e que tu me correspondes, não há pirraças e afrontas que me não faça. Todos os meses são dous e três avisos para montar guarda; outros tantos para rondas, manejos, paradas... E desgraçado se lá não vou, ou não pago! Já o meu ordenado não chega. Roubam-me, roubam-me com as armas na mão! Eu te detesto, capitão infernal, és um tirano, um Gengis-Kan, um Tamerlan[14]! Agora mesmo está um guarda à porta da repartição à minha espera para prender-me. Mas eu não vou lá, não quero. Tenho dito. Um cidadão é livre... enquanto não o prendem.

Maricota – Sr. Faustino, não grite, tranquilize-se!

Faustino – Tranquilizar-me! Quando vejo um homem que abusa da autoridade que lhe confiaram para afastar-me de ti! Sim, sim, é para afastar-me de ti que ele manda-me sempre prender. Patife! Porém o que mais me mortifica e até faz-me chorar, é ver teu pai, o mais honrado cabo de esquadra, prestar o seu apoio a essas tiranias constitucionais.

Maricota – Está bom, deixe-se disso, já é maçada. Não tem que se queixar de meu pai: ele é cabo e faz a sua obrigação.

Faustino – Sua obrigação? E julgas que um homem faz a sua obrigação quando anda atrás de um cidadão brasileiro com uma ordem de prisão metida na

14. Gengis-Kan e Tamerlan foram líderes bárbaros que promoveram a expansão do império mongol sobre os reinos muçulmanos do Oriente, a partir do século XIII.

patrona[15], na patrona? A liberdade, a honra, a vida de um homem, feito à imagem de Deus, metida na patrona! Sacrilégio!

Maricota, *rindo-se* – Com efeito, é uma ação digna...

Faustino, *interrompendo-a* – ... somente de um capitão da Guarda Nacional! Felizes dos turcos, dos chinas e dos negros de Guiné, porque não são guardas nacionais! Oh!

Porque lá nos desertos africanos
Faustino não nasceu desconhecido!

Maricota – Gentes!

Faustino – Mas apesar de todas essas perseguições, eu lhe hei-de mostrar para que presto. Tão depressa se reforme a minha repartição, casar-me-ei contigo, ainda que eu veja adiante de mim todos os chefes de legião, coronéis, majores, capitães, cornetas, sim, cornetas, etc.

Maricota – Meu Deus, endoudeceu!

Faustino – Então podem chover sobre mim os avisos, como chovia o maná no deserto! Não te deixarei um só instante. Quando for às paradas, irás comigo para me veres manobrar.

Maricota – Oh!

Faustino – Quando montar guarda, acompanhar-me-ás...

Maricota – Quê! Eu também hei-de montar guarda?

Faustino – E o que tem isso? Mas não, não, correria seu risco...

Maricota – Que extravagâncias!

15. Espécie de bolsa de couro, levada a tiracolo.

Faustino – Quando rondar, rondarei a nossa porta, e quando houver rusgas, fechar-me-ei em casa contigo, e dê no que der, que... estou deitado. Mas ah, infeliz!...

Maricota – Acabou-se-lhe o furor?

Faustino – De que me servem todos esses tormentos, se me não amas?

Maricota – Não o amo?!

Faustino – Desgraçadamente, não! Eu tenho cá para mim que a tanto se não atreveria o capitão, se lhe desses esperanças.

Maricota – Ingrato!

Faustino – Maricota, minha vida, ouve a confissão dos tormentos que por ti sofro. *(Declamando:)* Uma ideia esmagadora, ideia abortada do negro abismo, como o riso da desesperação, segue-me por toda a parte! Na rua, na cama, na repartição, nos bailes e mesmo no teatro não me deixa um só instante! Agarrada às minhas orelhas, como o náufrago à tábua de salvação, ouço-a sempre dizer: – Maricota não te ama! Sacudo a cabeça, arranco os cabelos *(faz o que diz)* e só consigo desarranjar os cabelos e amarrotar a gravata. *(Isto dizendo, tira do bolso um pente, com o qual penteia-se enquanto fala.)* Isto é o tormento da minha vida, companheiro da minha morte! Cosido na mortalha, pregado no caixão, enterrado na catacumba, fechado na caixinha dos ossos no dia de finados ouvirei ainda essa voz, mas então será furibunda, pavorosa e cadavérica, repetir: – Maricota não te ama! *(Engrossa a voz para dizer estas palavras.)* E serei o defunto o mais desgraçado! Não te comovem estas pinturas? Não se te arrepiam as carnes?

Maricota – Escute...

Faustino – Oh, que não tenha eu eloquência e poder para te arrepiar as carnes!...

Maricota – Já lhe disse que escute. Ora diga-me: não lhe tenho eu dado todas as provas que lhe poderia dar para convencê-lo do meu amor? Não tenho respondido a todas suas cartas? Não estou à janela sempre que passa de manhã para a repartição, e às duas horas quando volta, apesar do sol? Quando tenho alguma flor ao peito, que ma pede, não lha dou? Que mais quer? São poucas essas provas de verdadeiro amor? Assim é que paga-me tantas finezas? Eu é que me deveria queixar...

Faustino – Tu?

Maricota – Eu, sim! Responda-me, por onde andou, que não passou por aqui ontem, e fez-me esperar toda [a] tarde à janela? Que fez do cravo que lhe dei o mês passado? Por que não foi ao teatro quando eu lá estive com D. Mariana? Desculpe-se, se pode. Assim é que corresponde a tanto amor? Já não há paixões verdadeiras. Estou desenganada. *(Finge que chora.)*

Faustino – Maricota...

Maricota – Fui bem desgraçada em dar meu coração a um ingrato!

Faustino, *enternecido* – Maricota!

Maricota – Se eu pudesse arrancar do peito esta paixão...

Faustino – Maricota, eis-me a teus pés! *(Ajoelha-se, e enquanto fala, Maricota ri-se, sem que ele veja.)* Necessito de toda a tua bondade para ser perdoado!

Maricota – Deixe-me.

Faustino – Queres que morra a teus pés? *(Batem palmas na escada.)*

Maricota, *assustada* – Quem será? *(Faustino conserva-se de joelhos.)*

Capitão, *na escada, dentro* – Dá licença?

Maricota, *assustada* – É o Capitão Ambrósio! *(Para Faustino:)* Vá-se embora, vá-se embora! *(Vai para dentro, correndo.)*

Faustino *levanta-se e vai atrás dela* – Então, o que é isso?... Deixou-me!... Foi-se!... E esta!... Que farei!... *(Anda ao redor da sala como procurando onde esconder-se.)* Não sei onde esconder-me... *(Vai espiar à porta, e daí corre para a janela.)* Voltou, e está conversando à porta com um sujeito; mas decerto não deixa de entrar. Em boas estou metido, e daqui não... *(Corre para o judas, despe-lhe a casaca e o colete, tira-lhe as botas e o chapéu e arranca-lhe os bigodes.)* O que me pilhar tem talento, porque mais tenho eu. *(Veste o colete e casaca sobre a sua própria roupa, calça as botas, põe o chapéu armado e arranja os bigodes. Feito isto, esconde o corpo do judas em uma das gavetas da cômoda, onde também esconde o próprio chapéu, e toma o lugar do judas.)* Agora pode vir... *(Batem.)* Ei-lo! *(Batem.)* Aí vem!

Cena V

Capitão e Faustino, no lugar do judas.

Capitão, *entrando* – Não há ninguém em casa? Ou estão todos surdos? Já bati palmas duas vezes, e nada de novo! *(Tira a barretina*[16] *e a põe sobre a mesa, e assenta-se na cadeira.)* Esperarei. *(Olha ao redor de si, dá com os olhos no judas; supõe à primeira vista ser um homem, e levanta-se rapidamente.)* Quem é? *(Reconhecendo que é um judas:)* Ora, ora, ora! E não me enganei com o judas, pensando que era um homem? Oh, oh, está um figurão! E o mais é que está tão bem feito que parece vivo. *(Assenta-se.)* Onde está esta gente? Preciso falar com o cabo José Pimenta e... ver a filha. Não seria mau que ele [não] estivesse em casa; desejo ter certas explicações com a Maricota. *(Aqui aparece na porta da direita Maricota, que espreita, receosa. O Capitão a vê e levanta-se.)* Ah!

Cena VI

Maricota e os mesmos.

Maricota, *entrando, sempre receosa e olhando para todos os lados* – Sr. Capitão!

Capitão, *chegando-se para ela* – Desejei ver-te, e a fortuna ajudou-me. *(Pegando-lhe na mão:)* Mas que tens? Estás receosa! Teu pai?

16. Antigo chapéu militar.

Maricota, *receosa* – Saiu.

Capitão – Que temes então?

Maricota *adianta-se e como que procura um objeto com os olhos pelos cantos da sala* – Eu? Nada. Estou procurando o gato...

Capitão, *largando-lhe a mão* – O gato? E por causa do gato recebe-me com esta indiferença?

Maricota, *à parte* – Saiu. *(Para o Capitão:)* Ainda em cima zanga-se comigo! Por sua causa é que eu estou nestes sustos.

Capitão – Por minha causa?

Maricota – Sim.

Capitão – E é também por minha causa que procura o gato?

Maricota – É, sim!

Capitão – Essa agora é melhor! Explique-se...

Maricota, *à parte* – Em que me fui eu meter! O que lhe hei-de dizer?

Capitão – Então?

Maricota – Lembra-se...

Capitão – De quê?

Maricota – Da... da... daquela carta que escreveu-me anteontem, em que me aconselhava que fugisse da casa de meu pai para a sua?

Capitão – E o que tem?

Maricota – Guardei-a na gavetinha do meu espelho, e como a deixasse aberta, o gato, brincando, sacou-me a carta; porque ele tem esse costume...

Capitão – Oh, mas isso não é graça! Procuremos o gato. A carta estava assinada e pode comprometer-me. É a última vez que tal me acontece! *(Puxa a espada e principia a procurar o gato.)*

Maricota, *à parte, enquanto o Capitão procura* – Puxa a espada! Estou arrependida de ter dado a corda a este tolo. *(O Capitão procura o gato atrás de Faustino, que está imóvel; passa por diante e continua a procurá-lo. Logo que volta as costas a Faustino, este mia. O Capitão volta para trás repentinamente. Maricota surpreende-se.)*

Capitão – Miou!

Maricota – Miou?!

Capitão – Está por aqui mesmo. *(Procura.)*

Maricota, *à parte* – É singular! Em casa não temos gato!

Capitão – Aqui não está. Onde, diabo, se meteu?

Maricota, *à parte* – Sem dúvida é algum da vizinhança. *(Para o Capitão:)* Está bom, deixe; ele aparecerá.

Capitão – Que o leve o demo! *(Para Maricota!)* Mas procure-o bem até que o ache, para arrancar-lhe a carta. Podem-na achar, e isso não me convém. *(Esquece-se de embainhar a espada.)* Sobre esta mesma carta desejava eu falar-te.

Maricota – Recebeu minha resposta?

Capitão – Recebi, e a tenho aqui comigo. Mandaste-me dizer que estavas pronta a fugir para minha casa; mas que esperavas primeiro poder arranjar parte do dinheiro que teu pai está ajuntando, para te safares com ele. Isto não me convém. Não está nos meus princípios.

Um moço pode roubar uma moça – é uma rapaziada; mas dinheiro... é uma ação infame!

Maricota, *à parte* – Tolo!

Capitão – Espero que não penses mais nisso, e que farás somente o que te eu peço. Sim?

Maricota, *à parte* – Pateta, que não percebe que era um pretexto para lhe não dizer que não, e tê-lo sempre preso.

Capitão – Não respondes?

Maricota – Pois sim. *(À parte:)* Era preciso que eu fosse tola. Se eu fugir, ele não se casa.

Capitão – Agora quero sempre dizer-te uma cousa. Eu supus que esta história de dinheiro era um pretexto para não fazeres o que te pedia.

Maricota – Ah, supôs? Tem penetração![17]

Capitão – E se te valias desses pretextos é porque amavas a...

Maricota – A quem? Diga!

Capitão – A Faustino.

Maricota – A Faustino? *(Ri às gargalhadas.)* Eu? Amar aquele toleirão? Com olhos de enchova morta, e pernas de arco de pipa? Está mangando comigo. Tenho melhor gosto. *(Olha com ternura para o Capitão.)*

Capitão, *suspirando com prazer* – Ah, que olhos matadores! *(Durante este diálogo Faustino está inquieto* no *seu lugar.)*

Maricota – O Faustino serve-me de divertimento, e se algumas vezes lhe dou atenção, é para melhor ocultar o amor que sinto por outro. *(Olha com ternura para o Capitão. Aqui aparece na porta do fundo José Pimenta. Vendo o Capitão com a filha, para e escuta.)*

17. Haja imaginação!

Capitão – Eu te creio, porque teus olhos confirmam tuas palavras. *(Gesticula com entusiasmo, brandindo a espada.)* Terás sempre em mim um arrimo, e um defensor! Enquanto eu for capitão da Guarda Nacional e o Governo tiver confiança em mim, hei-de sustentar-te como uma princesa. *(Pimenta desata a rir às gargalhadas. Os dous voltam-se surpreendidos. Pimenta caminha para a frente, rindo-se sempre. O Capitão fica enfiado e com a espada levantada. Maricota, turbada, não sabe como tomar a hilaridade do pai.)*

Cena VII

Pimenta e os mesmos.

Pimenta, *rindo-se* – O que é isto, Sr. Capitão? Ataca a rapariga... ou ensina-lhe a jogar à espada?

Capitão, *turbado* – Não é nada, Sr. Pimenta, não é nada... *(Embainha a espada.)* Foi um gato.

Pimenta – Um gato? Pois o Sr. Capitão tira a espada para um gato? Só se foi algum gato danado, que por aqui entrou.

Capitão, *querendo mostrar tranquilidade* – Nada; foi o gato da casa que andou aqui pela sala fazendo estripulias.

Pimenta – O gato da casa? É bichinho que nunca tive, nem quero ter.

Capitão – Pois o senhor não tem um gato?

Pimenta – Não senhor.

Capitão, *alterando-se* – E nunca os teve?

Pimenta – Nunca!... Mas...

Capitão – Nem suas filhas, nem seus escravos?

Pimenta – Já disse que não... Mas...

Capitão, *voltando-se para Maricota* – Com que nem seu pai, nem a sua irmã e nem seus escravos têm gato?

Pimenta – Mas que diabo é isso?

Capitão – E no entanto... Está bom, está bom! *(À parte:)* Aqui há maroteira[18]!

Pimenta – Mas que história é essa?

Capitão – Não é nada, não faça caso; ao depois lhe direi. *(Para Maricota:)* Muito obrigado! *(Voltando-se para Pimenta:)* Temos que falar em objeto de serviço.

Pimenta, *para Maricota* – Vai para dentro.

Maricota, *à parte* – Que capitão tão pedaço de asno! *(Sai.)*

Cena VIII

Capitão e José Pimenta. Pimenta vai pôr sobre a mesa a barretina. O Capitão fica pensativo.

Capitão, *à parte* – Aqui anda o Faustino, mas ele me pagará!

Pimenta – Às suas ordens, Sr. Capitão.

Capitão – O guarda Faustino foi preso?

Pimenta – Não, senhor. Desde quinta-feira que andam dous guardas atrás dele, e ainda não foi possível encontrá-lo. Mandei-os que fossem escorar à porta da repartição e também lá não apareceu hoje. Creio que teve aviso.

18. Tramoia.

Capitão – É preciso fazer diligência para se prender esse guarda, que está ficando muito remisso. Tenho ordens muito apertadas do comandante superior. Diga aos guardas encarregados de o prender que o levem para os Provisórios. Há-de lá estar um mês. Isto assim não pode continuar. Não há gente para o serviço com estes maus exemplos. A impunidade desorganiza a Guarda Nacional. Assim que ele sair dos Provisórios, avisem-no logo para o serviço, e se faltar, Provisório no caso, até que se desengane. Eu lhe hei-de mostrar. *(À parte:)* Mariola!... Quer ser meu rival!

Pimenta – Sim senhor, Sr. Capitão.

Capitão – Guardas sobre guardas, rondas, manejos, paradas, diligências – atrapalhe-o. Entenda-se a esse respeito com o sargento.

Pimenta – Deixe estar, Sr. Capitão.

Capitão – Precisamos de gente pronta.

Pimenta – Assim é, Sr. Capitão. Os que não pagam para a música[19] devem sempre estar prontos. Alguns são muito remissos.

Capitão – Ameace-os com o serviço.

Pimenta – Já o tenho feito. Digo-lhes que se não pagarem prontamente, o senhor Capitão os chamará para o serviço. Faltam ainda oito que não pagaram este mês, e dous ou três que não pagam desde o princípio do ano.

Capitão – Avise a esses que recebeu ordem para os chamar de novo para o serviço impreterivelmente. Há falta de gente. Ou paguem ou trabalhem.

19. Pagar para a música: eufemismo para o suborno que os oficiais estariam recebendo para conceder folgas e regalias aos subalternos.

Pimenta – Assim é, Sr. Capitão, e mesmo é preciso. Já andam dizendo que, se a nossa companhia não tem gente, é porque mais de metade paga para a música.

Capitão, *assustado* – Dizem isso? Pois já sabem?

Pimenta – Que saibam, não creio; mas desconfiam.

Capitão – É o diabo! É preciso cautela. Vamos à casa do sargento, que lá temos que conversar. Uma demissão me faria desarranjo. Vamos.

Pimenta – Sim senhor, Sr. Capitão. *(Saem.)*

Cena IX

Faustino, só. Logo que os dous saem, Faustino os vai espreitar à porta por onde saíram, e adianta-se um pouco.

Faustino – Ah, com que o senhor Capitão assusta-se, porque podem saber que mais de metade dos guardas da companhia pagam para a música!... E quer mandar-me para os Provisórios! Com que escreve cartas, desinquietando a uma filha-família, e quer atrapalhar-me com serviço? Muito bem! Cá tomarei nota. E o que direi da menina? É de se tirar o barrete! Está doutorada! Anda a dous carrinhos! Obrigado! Acha que eu tenho pernas de enchova morta, e olhos de arco de pipa? Ah, quem soubera! Mas ainda é tempo; tu me pagarás, e... Ouço pisadas... A postos! *(Toma o seu lugar.)*

Cena X

Chiquinha e Faustino.

Chiquinha *entra e senta-se à costura* – Deixe-me ver se posso acabar este vestido para vesti-lo amanhã, que é Domingo de Páscoa. *(Cose.)* Eu é que sou a vadia, como meu pai disse. Tudo anda assim. Ai, ai! *(Suspirando.)* Há gente bem feliz; alcançam tudo quanto desejam e dizem tudo quanto pensam: só eu nada alcanço e nada digo. Em quem estará ele pensando! Na mana, sem dúvida. Ah, Faustino, Faustino, se tu soubesses!...

Faustino, *à parte* – Fala em mim! *(Aproxima-se de Chiquinha pé ante pé.)*

Chiquinha – A mana, que não sente por ti o que eu sinto, tem coragem para te falar e enganar, enquanto eu, que tanto te amo, não ouso levantar os olhos para ti. Assim vai o mundo! Nunca terei valor para fazer-lhe a confissão deste amor, que me faz tão desgraçada; nunca, que morreria de vergonha! Ele nem em mim pensa. Casar-me com ele seria a maior das felicidades. *(Faustino, que durante o tempo que Chiquinha fala vem aproximando-se e ouvindo com prazer quanto ela diz, cai a seus pés.)*

Faustino – Anjo do céu! *(Chiquinha dá um grito, assustada, levanta-se rapidamente para fugir e Faustino a retém pelo vestido.)* Espera!

Chiquinha, *gritando* – Ai, quem me acode?

Faustino – Não te assustes, é o teu amante, o teu noivo... o ditoso Faustino!

Chiquinha, *forcejando para fugir* – Deixe-me!

Faustino, *tirando o chapéu* – Não me conheces? É o teu Faustino!

Chiquinha, *reconhecendo-o* – Sr. Faustino!

Faustino, *sempre de joelhos* – Ele mesmo, encantadora criatura! Ele mesmo, que tudo ouviu.

Chiquinha, *escondendo o rosto nas mãos* – Meu Deus!

Faustino – Não te envergonhes. *(Levanta-se.)* E não te admires de ver-me tão ridiculamente vestido para um amante adorado.

Chiquinha – Deixe-me ir para dentro.

Faustino – Oh, não! Ouvir-me-ás primeiro. Por causa de tua irmã eu estava escondido nestes trajos; mas prouve a Deus que eles me servissem para descobrir a sua perfídia e ouvir a tua ingênua confissão, tanto mais preciosa, quanto inesperada. Eu te amo, eu te amo!

Chiquinha – A mana pode ouvi-lo!

Faustino – A mana! Que venha ouvir-me! Quero dizer-lhe nas bochechas o que penso. Se eu tivesse adivinhado em ti tanta candura e amor, não teria passado por tantos dissabores e desgostos, e não teria visto com meus próprios olhos a maior das patifarias! Tua mana é... Enfim, eu cá sei o que ela é, e basta. Deixemo-la, falemos só no nosso amor! Não olhes para minhas botas... Tuas palavras acenderam em meu peito uma paixão vulcânico-piramidal e delirante. Há um momento que nasceu, mas já está grande como o universo. Conquistaste-me! Terás o pago de tanto amor! Não duvides; amanhã virei pedir-te a teu pai.

Chiquinha, *involuntariamente* – Será possível?!

Faustino – Mais que possível, possibilíssimo!

Chiquinha – Oh! está me enganando... E o seu amor por Maricota?

Faustino, *declamando* – Maricota trouxe o inferno para minha alma, se é que não levou minha alma para o inferno! O meu amor por ela foi-se, voou, extinguiu-se como um foguete de lágrimas!

Chiquinha – Seria crueldade se zombasse de mim! De mim, que ocultava a todos o meu segredo.

Faustino – Zombar de ti! Seria mais fácil zombar do meu ministro! Mas, silêncio, que parece-me que sobem as escadas.

Chiquinha, *assustada* – Será meu pai?

Faustino – Nada digas do que ouviste; é preciso que ninguém saiba que eu estou aqui incógnito. Do segredo depende a nossa dita.

Pimenta, *dentro* – Diga-lhe que não pode ser.

Faustino – É teu pai!

Chiquinha – É meu pai!

Ambos – Adeus (*Chiquinha entra correndo e Faustino põe o chapéu na cabeça, e toma o seu lugar.*)

Cena XI

Pimenta e depois Antônio Domingos.

Pimenta – É boa! Querem todos ser dispensados das paradas! Agora é que o sargento anda passeando. Lá ficou o capitão à espera. Ficou espantado com o que eu lhe disse a respeito da música. Tem razão, que se souberem, podem-lhe dar com a demissão pelas ventas. *(Aqui batem palmas dentro.)* Quem é?

Antônio, *dentro* – Um seu criado. Dá licença?

Pimenta – Entre quem é. *(Entra Antônio Domingos.)* Ah, é o Sr. Antônio Domingos! Seja bem aparecido; como vai isso?

Antônio – A seu dispor.

Pimenta – Dê cá o seu chapéu. *(Toma o chapéu e o põe sobre a mesa.)* Então, o que ordena?

Antônio, *com mistério* – Trata-se do negócio...

Pimenta – Ah, espere! *(Vai fechar a porta do fundo, espiando primeiro se alguém os poderá ouvir.)* É preciso cautela. *(Cerra a porta que dá para o interior.)*

Antônio – Toda é pouca. *(Vendo o judas:)* Aquilo é um judas?

Pimenta – É dos pequenos. Então?

Antônio – Chegou nova remessa do Porto. Os sócios continuam a trabalhar com ardor. Aqui estão dous contos *(tira da algibeira dous maços de papéis)*, um em cada maço; é dos azuis. Desta vez vieram mais bem feitos. *(Mostra uma nota de cinco mil-réis que tira do bolso do colete.)* Veja; está perfeitíssima.

Pimenta, *examinando-a* – Assim é.

Antônio – Mandei aos sócios fabricantes o relatório do exame que fizeram na Caixa da Amortização, sobre as da penúltima remessa, e eles emendaram a mão. Aposto que ninguém as diferençará das verdadeiras.

Pimenta – Quando chegaram?

Antônio – Ontem, no navio que chegou do Porto.

Pimenta – E como vieram?

Antônio – Dentro de um barril de paios.

Pimenta – O lucro que deixa não é mau; mas arrisca-se a pele...

Antônio – O que receia?

Pimenta – O que receio? Se nos dão na malhada, adeus minhas encomendas! Tenho filhos...

Antônio – Deixe-se de sustos. Já tivemos duas remessas, e o senhor só por sua parte passou dous contos e quinhentos mil-réis, e nada lhe aconteceu.

Pimenta – Bem perto estivemos de ser descobertos – houve denúncia, e o Tesouro substituiu os azuis pelos brancos.

Antônio – Dos bilhetes aos falsificadores vai longe; aqueles andam pelas mãos de todos, e estes fecham-se quando falam, e acautelam-se. Demais, quem nada arrisca, nada tem. Deus há-de ser conosco.

Pimenta – Se não for o Chefe de Polícia...

Antônio – Esse é que pode botar tudo a perder; mas pior é o medo. Vá guardá-los. *(Pimenta vai guardar os maços dos bilhetes em uma das gavetas da cômoda e a fecha à chave. Antônio, enquanto Pimenta guarda os bilhetes:)* Cinquenta contos da primeira remessa, cem da segunda e cinquenta desta fazem duzentos contos; quando muito, vinte de despesa, e aí temos cento e oitenta de lucro. Não conheço negócio melhor. *(Para Pimenta:)* Não os vá trocar sempre à mesma casa: ora aqui, ora ali... Tem cinco por cento dos que passar.

Pimenta – Já estou arrependido de ter-me metido neste negócio...

Antônio – E por quê?

Pimenta – Além de perigosíssimo, tem consequências que eu não previa quando meti-me nele. O senhor dizia que o povo não sofria com isso.

Antônio – E ainda digo. Há na circulação um horror de milhares de contos em papel; mais duzentos, não querem dizer nada.

Pimenta – Assim pensei eu, ou me fizeram pensar; mas já abriram-me os olhos e... Enfim, passarei ainda esta vez, e será a última. Tenho filhos. Meti-me nisto sem saber bem o que fazia. E do senhor queixo-me, porque da primeira vez abusou da minha posição; eu estava sem vintém. É a última!

Antônio – Como quiser; o senhor é quem perde. *(Batem na porta.)*

Pimenta – Batem!

Antônio – Será o Chefe de Polícia?

Pimenta – O Chefe de Polícia! Eis, aí está no que o senhor me meteu!

Antônio – Prudência! Se for a polícia, queimam-se os bilhetes.

Pimenta – Qual queimam-se, nem meio queimam-se; já não há tempo senão de sermos enforcados!

Antônio – Não desanime. *(Batem de novo.)*

Faustino, *disfarçando a voz* – Da parte da polícia!

Pimenta, *caindo de joelhos* – Misericórdia!

Antônio – Fujamos pelo quintal!

Pimenta – A casa não tem quintal. Minhas filhas!...

Antônio – Estamos perdidos! *(Corre para a porta, a fim de espiar pela fechadura. Pimenta fica de joelhos e treme convulsivamente.)* Só vejo um oficial da Guarda

Nacional. *(Batem; espia de novo.)* Não há dúvida. *(Para Pimenta:)* Psiu... psiu... venha cá.

Capitão, *dentro* – Ah, Sr. Pimenta, Sr. Pimenta? *(Pimenta, ao ouvir o seu nome, levanta a cabeça e escuta. Antônio caminha para ele.)*

Antônio – Há só um oficial que o chama.

Pimenta – Os mais estão escondidos.

Capitão, *dentro* – Há ou não gente em casa?

Pimenta *levanta-se* – Aquela voz... *(Vai para a porta e espia.)* Não me enganei! É o Capitão! *(Espia.)* Ah, Sr. Capitão?

Capitão, *dentro* – Abra!

Pimenta – Vossa Senhoria está só?

Capitão, *dentro* – Estou, sim; abra.

Pimenta – Palavra de honra?

Capitão, *dentro* – Abra, ou vou-me embora!

Pimenta, *para Antônio* – Não há que temer. *(Abre a porta; entra o Capitão. Antônio sai fora da porta e observa se há alguém oculto no corredor.)*

Cena XII

Capitão [e] os mesmos.

Capitão, *entrando* – Com o demo! O senhor a estas horas com a porta fechada!

Pimenta – Queira perdoar, Sr. Capitão.

Antônio, *entrando* – Ninguém.

Capitão – Faz-me esperar tanto! Hoje é a segunda vez.

Pimenta – Por quem é, Sr. Capitão!

Capitão – Tão calados!... Parece que estavam fazendo moeda falsa! *(Antônio estremece; Pimenta assusta-se.)*

Pimenta – Que diz, Sr. Capitão? Vossa Senhoria tem graças que ofendem! Isto não são brinquedos. Assim escandaliza-me. Estava com o meu amigo Antônio Domingos falando nos seus negócios, que eu cá por mim não os tenho.

Capitão – Oh, o senhor escandaliza-se e assusta-se por uma graça dita sem intenção de ofender!

Pimenta – Mas há graças que não têm graça!

Capitão – O senhor tem alguma cousa? Eu o estou desconhecendo!

Antônio, *à parte* – Este diabo bota tudo a perder! *(Para o Capitão:)* É a bílis que ainda o trabalha. Estava enfurecido comigo por certos negócios. Isto passa-lhe. *(Para Pimenta:)* Tudo se há-de arranjar. *(Para o Capitão:)* Vossa Senhoria está hoje de serviço?

Capitão – Estou de dia[20]. *(Para Pimenta:)* Já lhe posso falar?

Pimenta – Tenha a bondade de desculpar-me. Este maldito homem ia-me fazendo perder a cabeça. *(Passa a mão pelo pescoço, como quem quer dar mais inteligência ao que diz.)* E Vossa Senhoria também não contribuiu pouco para eu assustar-me!

Antônio, *forcejando para rir* – Foi uma boa caçoada!

Capitão, *admirado* – Caçoada! Eu?!

Pimenta – Por mais honrado que seja um homem, quando se lhe bate à porta e se diz: "Da parte da polícia", sempre se assusta.

Capitão – E quem lhe disse isto?

Pimenta – Vossa Senhoria mesmo.

Capitão – Ora, o senhor ou está sonhando, ou quer se divertir comigo.

Pimenta – Não foi Vossa Senhoria?

Antônio – Não foi Vossa Senhoria?

Capitão – Pior é essa! Sua casa hoje anda misteriosa. Há pouco era sua filha com o gato; agora é o senhor com a polícia... *(À parte:)* Aqui anda tramoia!

Antônio, à *parte* – Quem seria?

Pimenta, *assustado* – Isto não vai bem. *(Para Antônio:)* Não sai daqui antes de eu lhe entregar uns papéis. Espere! *(Faz semblante de querer ir buscar os bilhetes; Antônio o retém.)*

20. De dia: jargão militar que significa serviço durante aquele período ou turno.

Antônio, *para Pimenta* – Olhe que se perde!

Capitão – E então? Ainda não me deixaram dizer ao que vinha. *(Ouve-se repique de sinos, foguetes, algazarra, ruídos diversos como acontece quando aparece a Aleluia.)* O que é isto?

Pimenta – Estamos descobertos!

Antônio, *gritando* – É a Aleluia que apareceu. *(Entram na sala, de tropel, Maricota, Chiquinha, os quatro meninos e os dous moleques.)*

Meninos – Apareceu a Aleluia! Vamos ao judas!... *(Faustino, vendo os meninos junto de si, deita a correr pela sala. Espanto geral. Os meninos gritam e fogem de Faustino, o qual dá duas voltas ao redor da sala, levando adiante de si todos os que estão em cena, os quais atropelam-se correndo e gritam aterrorizados. Chiquinha fica em pé junto à porta por onde entrou. Faustino, na segunda volta, sai para a rua, e os mais, desembaraçados dele, ficam como assombrados. Os meninos e moleques, chorando, escondem-se debaixo da mesa e cadeiras; o Capitão, na primeira volta que dá fugindo de Faustino, sobe para cima da cômoda; Antônio Domingos agarra-se a Pimenta, e rolam juntos pelo chão, quando Faustino sai; e Maricota cai desmaiada na cadeira onde cosia.)*

Pimenta, *rolando pelo chão, agarrado com Antônio* – É o demônio!...

Antônio – Vade-retro, Satanás! *(Estreitam-se nos braços um do outro e escondem a cara.)*

Chiquinha *chega-se para Maricota* – Mana, que tens? Não fala; está desmaiada! Mana? Meu Deus! Sr. Capitão, faça o favor de dar-me um copo com água.

Capitão, *de cima da cômoda* – Não posso lá ir!

Chiquinha, *à parte* – Poltrão![21] *(Para Pimenta:)* Meu pai, acuda-me! *(Chega-se para ele e o chama, tocando-lhe no ombro.)*

Pimenta, *gritando* – Ai, ai, ai! *(Antônio, ouvindo Pimenta gritar, grita também.)*

Chiquinha – E esta! Não está galante? O pior é estar a mana desmaiada! Sou eu, meu pai, sou Chiquinha; não se assuste. *(Pimenta e Antônio levantam-se cautelosos.)*

Antônio – Não o vejo!

Chiquinha, *para o Capitão* – Desça; que vergonha! Não tenha medo. *(O Capitão principia a descer.)* Ande, meu pai, acudamos a mana. *(Ouve-se dentro o grito de* Leva! leva! *como costumam os moleques, quando arrastam os judas pelas ruas.)*

Pimenta – Aí vem ele!... *(Ficam todos imóveis na posição em que os surpreendeu o grito, isto é, Pimenta e Antônio ainda não de todo levantados; o Capitão com uma perna no chão e a outra na borda de uma das gavetas da cômoda, que está meio aberta; Chiquinha esfregando as mãos de Maricota para reanimá-la, e os meninos nos lugares que ocupavam. Conservam-se todos silenciosos, até que se ouve o grito exterior* – Morra! – *em distância.)*

Chiquinha, *enquanto os mais estão silenciosos* – Meu Deus, que gente tão medrosa! E ela neste estado! O que hei-de fazer? Meu pai? Sr. Capitão? Não se movem! Já tem as mãos frias... *(Aparece repentinamente à porta Faustino, ainda com os mesmos trajos; salta no meio da sala e vai cair sentado na cadeira que está junto à mesa. Uma turba de garotos e moleques armados de paus entram após ele, gritando:* – Pega no

21. Covarde, medroso.

judas, pega no judas! – *Pimenta e Antônio erguem--se rapidamente e atiram-se para a extremidade esquerda do teatro, junto aos candeeiros da rampa; o Capitão sobe de novo para cima da cômoda; Maricota, vendo Faustino na cadeira, separado dela somente pela mesa, dá um grito e foge para a extremidade direita do teatro; e os meninos saem aos gritos de debaixo da mesa, e espalham-se pela sala. Os garotos param no fundo junto à porta e, vendo-se em uma casa particular, cessam de gritar.)*

Faustino, *caindo sentado* – Ai, que corrida! Já não posso! Oh, parece-me que por cá ainda dura o medo. O meu não foi menor vendo esta canalha. Safa, canalha! *(Os garotos riem-se e fazem assuada.)* Ah, o caso é esse? *(Levanta-se.)* Sr. Pimenta? *(Pimenta, ouvindo Faustino chamá-lo, encolhe-se e treme.)* Treme? Ponha-me esta corja no olho da rua... Não ouve?

Pimenta, *titubeando* – Eu, senhor?

Faustino – Ah, não obedece? Vamos, que lhe mando – da parte da polícia... *(Disfarçando a voz como da vez primeira.)*

Antônio – Da parte da polícia!... *(Para Pimenta:)* Vá, vá!

Faustino – Avie-se! *(Pimenta caminha receoso para o grupo que está no fundo, e com bons modos o faz sair. Faustino, enquanto Pimenta faz evacuar a sala, continua a falar. Para Maricota:)* Não olhe assim para mim com os olhos tão arregalados, que lhe podem saltar fora da cara. De que serão esses olhos? *(Para o Capitão:)* Olá, valente capitão! Está de poleiro? Desça. Está com medo do papão? Hu! hu! Bote fora a espada, que lhe está atrapalhando as pernas. É um belo boneco de louça! *(Tira o chapéu e os bigodes, e os atira no chão.)* Agora ainda terão medo? Não me conhecem?

Todos, *exceto Chiquinha* – Faustino!

Faustino – Ah, já! Cobraram a fala! Temos que conversar. *(Põe uma das cadeiras no meio da sala e senta-se. O Capitão, Pimenta e Antônio dirigem-se para ele enfurecidos; o primeiro coloca-se à sua direita, o segundo à esquerda e o terceiro atrás, falando todos três ao mesmo tempo. Faustino tapa os ouvidos com as mãos.)*

Pimenta – Ocultar-se em casa de um homem de bem, de um pai de família, é ação criminosa: não se deve praticar! As leis são bem claras; a casa do cidadão é inviolável! As autoridades hão-de ouvir-me; serei desafrontado!

Antônio – Surpreender um segredo é infâmia! E só a vida paga certas infâmias, entende? O senhor é um mariola! Tudo quanto fiz e disse foi para experimentá-lo. Eu sabia que estava ali oculto. Se diz uma palavra, mando-lhe dar uma arrochada.

Capitão – Aos insultos respondem-se com as armas na mão! Tenho uma patente de capitão que deu-me o governo, hei-de fazer honra a ela! O senhor é um covarde! Digo-lhe isto na cara; não me mete medo! Há-de ir preso! Ninguém me insulta impunemente! *(Os três, à proporção que falam, vão reforçando a voz e acabam bramando.)*

Faustino – Ai! ai! ai! ai! que fico sem ouvidos.

Capitão – Petulância inqualificável... Petulância!

Pimenta – Desaforo sem nome... Desaforo!

Antônio – Patifaria, patifaria, patifaria! *(Faustino levanta-se rapidamente, batendo com os pés.)*

Faustino, *gritando* – Silêncio! *(Os três emudecem e recuam)* que o deus da linha quer falar! *(Assenta-se.)* Puxe-me aqui estas botas. *(Para Pimenta:)* Não quer? Olhe que o mando da parte da... *(Pimenta chega-se para ele.)*

Pimenta, *colérico* – Dê cá!

Faustino – Já! *(Dá-lhe as botas a puxar.)* Devagar! Assim... E digam lá que a polícia não faz milagres... *(Para Antônio:)* Ah, senhor meu, tire-me esta casaca. Creio que não será preciso dizer da parte de quem... *(Antônio tira-lhe a casaca com muito mau modo.)* Cuidado; não rasgue o traste, que é de valor. Agora o colete. *(Tira-lho.)* Bom.

Capitão – Até quando abusará da nossa paciência?

Faustino, *voltando-se para ele* – Ainda que mal lhe pergunte, o senhor aprendeu latim?

Capitão, *à parte* – Hei-de fazer cumprir a ordem de prisão. *(Para Pimenta:)* Chame dous guardas.

Faustino – Que é lá isso? Espere lá! Já não tem medo de mim? Então há pouco quando se empoleirou era com medo das botas? Ora, não seja criança, e escute... *(Para Maricota:)* Chegue-se para cá. *(Para Pimenta:)* Ao Sr. José Pimenta do Amaral, cabo de esquadra da Guarda Nacional, tenho a distinta de pedir-lhe a mão de sua filha a Sra. D. Maricota... ali para o Sr. Antônio Domingos.

Maricota – Ah!

Pimenta – Senhor!

Antônio – E esta!

Faustino – Ah, não querem? Torcem o focinho? Então escutem a história de um barril de paios, em que...

Antônio, *turbado* – Senhor!

Faustino, *continuando* – ... em que vinham escondidos...

Antônio *aproxima-se de Faustino e diz-lhe à parte* – Não me perca! Que exige de mim?

Faustino, *à parte* – Que se case, e quanto antes, com a noiva que lhe dou. Só por este preço guardarei silêncio.

Antônio, *para Pimenta* – Sr. Pimenta, o senhor ouviu o pedido que lhe foi feito; agora o faço eu também. Concede-me a mão de sua filha?

Pimenta – Certamente... é uma fortuna... não esperava... e...

Faustino – Bravo!

Maricota – Isto não é possível! Eu não amo ao senhor!

Faustino – Amará.

Maricota – Não se dispõe assim de uma moça! Isto é zombaria do senhor Faustino!

Faustino – Não sou capaz!

Maricota – Não quero! Não me caso com um velho!

Faustino – Pois então não se casará nunca; porque vou já daqui gritando *(gritando:)* que a filha do cabo Pimenta namora como uma danada; que quis roubar... *(Para Maricota:)* Então, quer que continue, ou quer casar-se?

Maricota, *à parte* – Estou conhecida! Posso morrer solteira... Um marido é sempre um marido... *(Para Pimenta:)* Meu pai, farei a sua vontade.

Faustino – Bravíssimo! Ditoso par! Amorosos pombinhos! *(Levanta-se, toma Maricota pela mão e a conduz para junto de Antônio, e fala com os dous à parte:)* Menina, aqui tem o noivo que eu lhe destino: é velho, baboso, rabugento e usurário – nada lhe falta para sua felicidade. É este o fim de todas as namoradeiras: ou casam com um gebas[22] como este, ou morrem solteiras! *(Para o público:)* Queira Deus que aproveite o

22. Homem velho e corcunda.

exemplo! *(Para Antônio:)* Os falsários já não morrem enforcados; lá se foi esse bom tempo! Se eu o denunciasse, ia o senhor para a cadeia e de lá fugiria, como acontece a muitos da sua laia. Este castigo seria muito suave... Eis aqui o que lhe destino. *(Apresentando-lhe Maricota:)* É moça, bonita, ardilosa e namoradeira; nada lhe falta para seu tormento. Esta pena não vem no Código; mas não admira, porque lá faltam outras muitas cousas. Abracem-se, em sinal de guerra! *(Impele um para o outro.)* Agora nós, Sr. Capitão! Venha cá. Hoje mesmo quero uma dispensa de todo o serviço da Guarda Nacional! Arranje isso como puder; quando não, mando tocar a música... Não sei se me entende?...

Capitão – Será servido. *(À parte:)* Que remédio; pode perder-me!

Faustino – E se de novo bulir comigo, cuidado! Quem me avisa... Sabe o resto! Ora, meus senhores e senhoras, já que castiguei, quero também recompensar. *(Toma Chiquinha pela mão e coloca-se com ela em frente de Pimenta, dando as mãos como em ato de se casarem.)* Sua bênção, querido pai Pimenta, e seu consentimento!

Pimenta – O que lhe hei-de eu fazer, senão consentir!

Faustino – Ótimo! *(Abraça a Pimenta e dá-lhe um beijo. Volta-se para Chiquinha:)* Se não houvesse aqui tanta gente a olhar para nós, fazia-te o mesmo... *(Dirigindo-se ao público:)* Mas não o perde, que fica guardado para melhor ocasião.

Fim

Quero mais

Depois dos aplausos, as cortinas se fecham. Mas ainda não é hora de ir embora! Nas próximas páginas, você encontrará informações tão interessantes como os espetáculos exibidos neste livro.

Ao ler as peças de Martins Pena, você fez uma breve viagem para o tempo em que o Brasil tinha reis, escravos e uma série de costumes muito diferentes dos de hoje. Conheça agora um pouco mais da época deste autor, famoso por sua crítica social e seu bom humor.

Fundação Biblioteca Nacional, Rio de Janeiro

Quem escreveu essas peças?

Luiz Carlos Martins Pena nasceu no Rio de Janeiro, em 1815. Ele tinha apenas um ano de idade quando seu pai morreu. Aos dez, perdeu também a mãe, ficando aos cuidados de um tio materno. Depois de concluir o primário, foi obrigado a estudar contabilidade e leis do comércio para ter uma profissão "de futuro", ainda que seu interesse estivesse ligado ao mundo das artes.

Depois de obter o diploma imposto, o jovem passou a estudar pintura, arquitetura e escultura na Academia de Belas-Artes, mas não chegou a completar o curso. Aos 23 anos, estreou como autor teatral, com *O juiz de paz da roça*, tornando-se um dos pioneiros da dramaturgia brasileira, e criador da nossa comédia de costumes (mistura de humor e crítica social).

Martins Pena também escreveu em jornais sobre música e teatro, além de ingressar na carreira diplomática, chegando a trabalhar na embaixada brasileira em Londres. No entanto, como sofria de tuberculose, não resistiu ao frio da Inglaterra.

Ele ainda tentou retornar ao Rio de Janeiro, mas não conseguiu completar a longa viagem de navio. Morreu aos 33 anos em Lisboa, em dezembro de 1848.

Fundação Biblioteca Nacional, Rio de Janeiro

"Se se perdessem todas as leis, escritos, memórias da história brasileira dos primeiros cinquenta anos deste século XIX e nos ficassem somente as comédias de Pena, era possível reconstruir por elas a fisionomia moral desta época."

Sílvio Romero (1851-1914), crítico literário

Outras obras de Martins Pena:

O juiz de paz da roça

Os irmãos das almas

Os dous ou O inglês maquinista

O diletante

Os ciúmes de um pedestre ou O terrível capitão do mato

As desgraças de uma criança

Na ponta da pena

O talento de Martins Pena para o teatro rendeu 28 peças. Sem dúvida, seu forte foram as comédias, que compõem um panorama divertido da sociedade brasileira do século XIX.

Os personagens de Pena são pessoas comuns em situações do dia a dia, como casamentos, festas, envolvidas em pequenas intrigas domésticas, como dívidas e divisão de heranças. Em sua obra, o mundo estava dividido entre bons e maus, fortes e fracos, mentirosos e honestos.

Você sabia?

D. João VI, no decreto de 28 de maio de 1810, já falava da necessidade da construção de "teatros decentes". E o decreto foi um estímulo para a inauguração de vários teatros e casas de espetáculo, como o Real Teatro São João, atual Teatro João Caetano, no Rio de Janeiro.

Outros pioneiros

Além de Martins Pena, outras duas figuras foram essenciais para a consolidação do teatro nacional: o escritor Gonçalves de Magalhães e o ator João Caetano. Magalhães é autor de ***Antônio José***, a primeira tragédia escrita por um brasileiro. João Caetano, além de ter se destacado como excelente intérprete, montou uma companhia teatral que encenou as primeiras obras de expressão de nossa dramaturgia, incluindo aí as peças de Martins Pena.

Louis-Claude de Freycinet, c. 1825 Coleção Itaú

O Real Teatro São João foi inaugurado em 1813 com a ópera *O juramento dos Numes*.

Um país em crescimento

O século XIX (período em que viveu Martins Pena) foi marcado pelas agitações políticas e pelo crescente progresso no Brasil.

Logo em 1808, o príncipe regente João e sua mãe, Dona Maria I, a rainha louca, fugiram de Portugal depois da invasão napoleônica e vieram com toda a corte para o Rio de Janeiro, transformado às pressas em capital colonial. A cidade, que tinha cerca de 30 mil habitantes, começou a se desenvolver com as novidades que chegavam da Europa nos navios a vapor, os paquetes.

No entanto, por falta de boas estradas, as cidades em geral permaneciam bem isoladas umas das outras. Ruas calçadas de pedra eram poucas – a maioria era de terra batida, com o capim crescendo ao lado de valetas de esgoto a céu aberto e em torno de chafarizes ou poços onde a população se abastecia de água. As noites eram escuras: em casa, luz de velas e lamparinas. Nas vias públicas, os lampiões à base de óleo de baleia eram bem fracos – a iluminação a gás, mais forte, só chegou em 1872.

Johann Moritz Rugendas, *Rua Direita*, Rio de Janeiro, século XIX.

A rua Direita era um dos lugares mais movimentados do Rio. No século XIX, lá se instalaram o Banco do Brasil, os Correios e muitas lojas.

Jean-Baptiste Debret. *Retorno de um proprietário à sua chácara*, século XIX.

Você sabia?

Passear pelo Brasil imperial, só mesmo a pé, a cavalo, de carro de boi ou em bondes puxados por burros. Mas havia outras opções de locomoção para quem fosse da elite: andar em carruagens com até seis cavalos ou ser carregado em liteiras ou redes por escravos – a escravidão iria durar até 1888, um ano antes da Proclamação da República.

Entre dois reinos

Quando Martins Pena começa a escrever suas peças, o país está passando por um momento de transição entre o primeiro e o segundo reinados. O chamado Período Regencial começa quando D. Pedro I renuncia ao trono, em 1831. Como seu filho D. Pedro II ainda não havia atingido a maioridade, o Brasil acabou sendo governado por uma série de regentes até 1840. Apesar de curto, este período foi muito intenso politicamente, registrando inúmeras revoltas populares.

…Histórico Nacional, Rio de Janeiro. Foto: Rômulo Fialdini

Uma aula de ética

As peças de Martins Pena ridicularizam a corrupção, mostrando que esse problema tão atual da sociedade brasileira já é bem antigo.

Ambrósio, o vilão de *O noviço*, afirma que todo homem pode ser rico, não importando os meios para isso. Diz também que não tem medo da lei, afinal, pode comprar sua inocência. "As leis criminais fizeram-se para os pobres", afirma, numa declaração idêntica à que se ouve hoje em dia: "Rico não vai para a cadeia".

É interessante refletir sobre como é antiga a crença de que "o mundo é dos espertos", um pensamento que só acarreta atraso para um país e seu povo.

Você sabia?

A falsificação já foi usada até como estratégia de guerra. No fim da Segunda Guerra Mundial, em 1945, a Alemanha nazista derramou milhões de libras esterlinas falsas no mercado, para desvalorizar o dinheiro da Inglaterra e prejudicar sua economia.

Verdadeiro... ou falso?

Você sabe de onde vem o dinheiro? Ele é fabricado pelas casas da moeda de cada país, com papel e tinta especiais para impedir que qualquer pessoa "fabrique" dinheiro em casa. A falsificação de notas e moedas é um crime.

Como você se lembra, esse é um dos assuntos abordados em *O judas em sábado de aleluia*. Martins Pena fez referência a um caso verídico, acontecido nos anos seguintes à independência, quando células falsas do Banco do Brasil e moedas de cobre, também falsas, circularam ostensivamente. A quantidade era tanta que havia uma fábrica no exterior para atender à demanda dos criminosos – foi o maior caso de dinheiro falso na história brasileira.

Outros tempos

Enviar filhos para conventos e mosteiros era prática comum no mundo católico, desde a Idade Média. Servia inclusive para resolver impasses na hora de dividir heranças e pagar dotes.

Quando a moça se casava, os pais tinham de dar uma boa quantia de dinheiro ao marido. Se ela fosse para o convento, o problema do dote deixava de existir. O mesmo sucedia com os monges que faziam voto de pobreza e renunciavam ao direito da herança familiar.

O que é malhar o judas?

Segundo um costume muito antigo, ao meio-dia do sábado de aleluia deve-se espancar e queimar um boneco que representa Judas, apóstolo que vendeu Jesus aos romanos.

Com o passar do tempo, essa tradição se tornou uma vingança da população contra uma série de pessoas, como técnicos de futebol e políticos. Por esse caráter de desafio, nos anos da ditadura militar no Brasil (1964-1980), a malhação foi proibida – mas continuou acontecendo mesmo assim.

O boneco geralmente é feito com roupas velhas, recheado de capim seco, malhado com paus, pedras e depois incendiado.

Jean-Baptiste Debret, *Judas no sábado de aleluia*, século XIX.

Faça o que eu digo

O ensino no século XIX era deficiente e a maioria da população, analfabeta. Ir à escola ou frequentar o colégio era privilégio de poucos. E ainda se impunha aos jovens uma carreira com a qual não tinham afinidade, como ainda pode acontecer hoje em dia, quando os pais insistem para que o filho tenha "uma profissão de futuro". Como você viu, esse fato já era criticado por Pena, em O noviço.

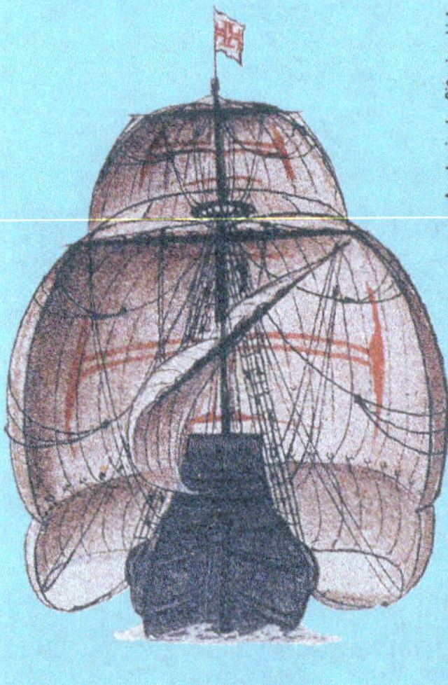

Academia das Ciências, Lisboa

Malhação à vista!

Os marinheiros malharam o judas a bordo dos navios da frota de Cabral, no sábado de aleluia, a 18 de abril de 1500 (quatro dias antes do Descobrimento). A diversão serviu para espantar o medo do dia anterior, a sexta-feira santa de um ano bissexto, data em que, segundo uma lenda, o mundo iria acabar.

Que ridículo!

A sátira é um recurso usado por artistas para criticar e ridicularizar uma pessoa, um costume ou uma instituição.

Martins Pena usa a sátira em flagrantes da vida brasileira para denunciar o fingimento e a injustiça em todos os setores da sociedade.

Outros autores brasileiros se destacaram fazendo críticas sociais dessa maneira, como o poeta baiano Gregório de Mattos e Guerra, apelidado de "Boca do Inferno" por seus poemas satíricos contra muitas pessoas e contra fatos no século XVII.

O escritor Lima Barreto também usou o recurso. Em *Os Bruzundangas* (1923), ele faz uma sátira política, inventando um país que lembra muito o Brasil.

A sátira também deu impulso ao movimento modernista com *Macunaíma*, de Mário de Andrade. Na metade do século XX, Jorge Amado faz uma sátira da sociedade baiana em *Gabriela cravo e canela*. O estilo satírico também foi usado pelo autor gaúcho Érico Veríssimo, em *Incidente em Antares*, uma pequena cidade que retrata – com muito deboche – a disputa pelo poder político no país. No teatro, também as peças de Nelson Rodrigues escrachavam a sociedade e o machismo – e na música, Chico Buarque é um dos grandes expoentes da sátira social.

Gregório de Mattos

Fundação Biblioteca Nacional

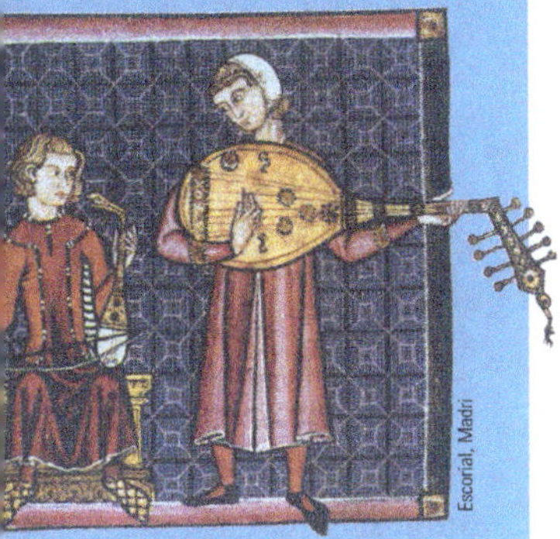

Escorial, Madri

Ofender cantando

A sátira existe há muito tempo nas artes. A partir do século XI, vamos encontrá-la nas cantigas "de escárnio e maldizer", em forma de versos escritos por poetas chamados de trovadores. Nessas canções, era comum o emprego de palavras chulas e frases de duplo sentido para ofender determinadas pessoas.

Você sabia...

O que caracteriza a irreverência satírica é denunciar os costumes com humor, o que deu origem à expressão latina: castigat ridendo moris, *que se pode traduzir como "castigar os costumes pelo riso".*

O teatro brasileiro contemporâneo

Muitas transformações aconteceram no teatro brasileiro desde a época de Martins Pena. No século XX, a maior destas mudanças ocorre graças ao surgimento em São Paulo, na década de 1940, do Teatro Brasileiro de Comédia (TBC), a maior escola da arte no país, que formou uma geração de atores, diretores, cenógrafos e dramaturgos. Entre os atores que fizeram parte do TBC estão figuras reverenciadas como Cacilda Becker e Paulo Autran.

Ainda no começo da década de 1940, Nelson Rodrigues escreveu *Vestido de noiva*, uma das obras mais polêmicas e inovadoras da nossa dramaturgia.

Na década de 1950, os autores teatrais mostraram maior preocupação com questões sociais. *O pagador de promessas*, de Dias Gomes, fez grande sucesso. Ariano Suassuna trouxe temas folclóricos nordestinos nas comédias *O auto da Compadecida* e *O santo e a porca*. Nos anos 60, Jorge Andrade, outro grande autor, estreou as comédias *A escada* e *Os ossos do barão*.

O golpe militar de 1964 no Brasil gerou o teatro de contestação. Nasceram os teatros Arena e Oficina, em São Paulo.

Hoje, a comédia de costumes, iniciada com Martins Pena, continua obtendo sucesso pelo Brasil afora, com as peças de Oduvaldo Vianna Filho, Millôr Fernandes, Mauro Rasi e Miguel Falabella, entre outros.

Você sabia...

A arte de interpretar não é fácil: requer técnica e bastante dedicação. Por isso, atores e atrizes precisam se preparar muito bem para encarar um palco. Para formar profissionais talentosos nessa área existem as escolas de teatro. As primeiras do gênero no Brasil surgiram no começo do século XX, no Rio de Janeiro. São os grupos amadores Teatro de Brinquedo e Teatro do Estudante do Brasil.

César Itiberê/Folha Imagem

Fachada do TBC, em São Paulo: além de teatro, o espaço era uma escola de atores.